Alamontade

Heinrich Zschokke

Impressum

Autor: Heinrich Zschokke
Umschlagkonzept: toepferschumann, Berlin

Verlag: tradition GmbH, Hamburg
ISBN: 978-3-8424-1375-7
Printed in Germany

Ziel der TREDITION CLASSICS ist es, tausende deutsch- und fremdsprachige Klassiker wieder in Buchform verfügbar zu machen. Die Werke wurden eingescannt und digitalisiert. Dadurch können etwaige Fehler nicht komplett ausgeschlossen werden. Unsere Kooperationspartner und wir von tredition versuchen, die Werke bestmöglich zu bearbeiten. Sollten Sie trotzdem einen Fehler finden, bitten wir diesen zu entschuldigen. Die Rechtschreibung der Originalausgabe wurde unverändert übernommen. Daher können sich hinsichtlich der Schreibweise Widersprüche zu der heutigen Rechtschreibung ergeben.

Tucholsky Wagner Zola Scott Sydow Freud Schlegel
Turgenev Fonatne Wallace
Twain Walther von der Vogelweide Fouqué Friedrich II. von Preußen
Weber Freiligrath Frey
Fechner Fichte Weiße Rose von Fallersleben Kant Ernst Frommel
Richthofen
Engels Fielding Hölderlin Tacitus Dumas
Fehrs Faber Flaubert Eichendorff
Maximilian I. von Habsburg Eliasberg Ebner Eschenbach
Feuerbach Fock Eliot Zweig
Ewald Vergil
Goethe Elisabeth von Österreich London
Mendelssohn Balzac Shakespeare Ganghofer
Trackl Lichtenberg Rathenau Dostojewski
Stevenson Doyle Gjellerup
Mommsen Tolstoi Hambruch
Thoma Lenz Hanrieder Droste-Hülshoff
Dach von Arnim Hägele
Verne Hauff Humboldt
Karrillon Reuter Rousseau Hagen
Garschin Hauptmann Gautier
Damaschke Defoe Hebbel Baudelaire
Descartes
Hegel Kussmaul Herder
Wolfram von Eschenbach Schopenhauer
Bronner Darwin Dickens Rilke George
Melville Grimm Jerome
Campe Horváth Aristoteles Bebel Proust
Bismarck Vigny Voltaire Federer Herodot
Gengenbach Barlach Heine
Storm Casanova Tersteegen Grillparzer Georgy
Chamberlain Lessing Gilm
Brentano Langbein Gryphius
Strachwitz Claudius Schiller Lafontaine
Katharina II. von Rußland Kralik Iffland Sokrates
Bellamy Schilling
Gerstäcker Raabe Gibbon Tschechow
Löns Hesse Hoffmann Gogol Wilde Vulpius
Luther Heym Hofmannsthal Gleim
Roth Klee Hölty Morgenstern
Heyse Klopstock Goedicke
Luxemburg Puschkin Homer Kleist
Machiavelli La Roche Horaz Mörike Musil
Navarra Aurel Musset Kierkegaard Kraft Kraus
Nestroy Marie de France Lamprecht Kind Kirchhoff Hugo Moltke
Laotse Ipsen Liebknecht
Nietzsche Nansen
Marx Lassalle Gorki Ringelnatz
von Ossietzky Klett Leibniz
May vom Stein Lawrence Irving
Petalozzi Knigge
Platon Pückler Michelangelo Kafka
Sachs Poe Kock Korolenko
de Sade Praetorius Mistral Zetkin Liebermann

Erstes Buch.

1.

Abbé Dillon setzte sich auf ein grünes Rasenstück am Seeufer, beschattet vom verworrenen Baumschlag, der über uns an der schroffen Felswand hing.

»Hier sind noch Plätze zur Rechten und Linken!« sagte er, und sein Auge lud uns lächelnd ein, neben ihm zu ruhen. Roderich setzte sich, und ich folgte. Wir waren alle Drei noch in der Stille beschäftigt, den Gedankengang unseres abgebrochenen Gesprächs zu verfolgen.

Jenseits des Sees glühte der Abendhimmel über den Gebirgen. Die höchsten Felsen und die stillen Hütten der Alpen strahlten rosenrot. Goldstreifen zitterten zwischen bläulichen Schatten über die Schneefläche der Gletscher. In der Ferne sah man veilchenfarben die Berghöhen am Horizont zwischen Gewölken verschwinden.

Der ehrwürdige Mann lehnte seinen Arm an ein Felsstück; sein Haupt war auf die Brust niedergesunken. Ein wehmütiger Ernst durchfloß seine Mienen, die sonst nur der Ausdruck der heitersten Ruhe zu sein pflegten. Auch seinen Freunden blieb die Verstimmung des Abbé nicht gleichgültig.

»Sie werden uns traurig!« sagte ich und drückte ihm mit herzlicher Freundlichkeit die Hand. »Aufgeschaut, liebster Dillon, der Abend ist zu schön; wollen wir ihn uns mutwilliger Weise verderben?«

»Es ist wahr!« sagte Dillon und lächelte wieder. »Aber ich bin nicht traurig. Unser Gespräch berührte die schönsten Geheimnisse und Wünsche des Menschengeschlechtes. Da klangen tausend Nebenvorstellungen und Erinnerungen in mir an, und ich sah im Geiste wieder jene heilige Gestalt, welche mir in den Tagen der Jugend erschienen, und meiner irrenden Seele wie ein Genius den bessern Pfad gewiesen hatte ... Guter Alamontade, stiller, liebenswürdiger Dulder! ... Nicht so, Ihr Lieben, Ihr kennet diesen teuren Namen schon?«

»Er ist mir ganz fremd,« sagte ich, »doch glaube ich ihn schon einmal aus Ihrem Munde gehört zu haben.«

»Alamontade?« rief Roderich. »Wie? Der Galeerensklave, von welchem Sie mir die erhabne Stelle aus dem Bündel von Zetteln vorlasen? Wahrlich, es thut mir leid um den Kerl, daß er sich mit seinem Genie auf die Galeere brachte. Aus dem Menschen hätte etwas werden können. Aber Sie scheinen ihn noch von einer anderen Seite zu schätzen, da Sie ihm ein lobendes Beiwort geben.«

»Von diesem kann ich ohne Ehrfurcht nicht reden!« sagte der Greis. »Er ist mir in meinem Lebenslaufe die merkwürdigste Erscheinung gewesen. Durch ihn bin ich mir und der Welt zurückgegeben worden. Ach, er hat mir unsägliches Gutes gethan, und ... nicht einmal einen Dank empfangen.«

Dillon war tief bewegt. Unter den grauen Wimpern seines Auges zerschmolz eine Thräne. Seine Lippen bebten, als flüsterten sie leise Töne. Die Wehmut des Edlen schien auf uns überzugehen. Jeder gab sich dem Strom durch einander wogender Empfindungen hin; niemand störte des andern Betrachtungen.

Ich vergesse diesen schönen Augenblick nie. Selbst die Natur umher schien empfindend in unsere Träume einzutreten. Wir saßen im Schatten der Felsen, aber vor uns schwamm im halbdurchsichtigen, glänzenden Duft die Gebirgslinie, mit ihrer stillen Alpenwelt, in der Höhe von der Herrlichkeit des goldroten Himmels umgrenzt. Und der See dehnte sich dunkel unter unseren Füßen aus, zwischen dort und hier. So scheidet das unergründliche Grab von den Paradiesen des Jenseits, welche wir zuweilen in Ahnungen sehen. Ein sanfter Hauch der Abendluft zog durch die Wellen des Sees von drüben her, floß kühlend um unsere Schläfe, und verlor sich säuselnd in den Gesträuchen über uns, wie ein Seufzer.

Dillon erwachte. Er ergriff unsere Hände, zog uns an sich und sprach:

»Der Abend ist schön. Wir mögen seiner nicht froher werden als im traulichen Gespräch, in welchem sich die Seelen zu den Heiligtümern der Menschheit erheben. Als ich vorhin den Namen Alamontade aussprach, wollte ich Ihnen erzählen, wer jener Edle gewesen sei, und wie ich ihn kennen lernte, und wie er von mir schied. Die Erinnerungen an ihn sind mir noch jetzt wohlthätig und eine wahre Erbauung.«

»Erzählen Sie!« rief Roderich. »Ein Mann, ein Galeerensklave, den Dillon mit so vieler Innigkeit verehrt, muß ein außerordentlicher Mann sein.«

Abbé Dillon hatte schon längst unsere Erwartung auf den Punkt hingespannt. Das ganze weite Land umher verehrte den Greis, aber niemand kannte ihn genauer als die Unglücklichen und die Kinder, denn bei beiden war er immer am liebsten. Er hatte die seltene Gabe, das Weh dessen auszuspüren, den er kennen lernte; sein Blick, der über das Gesicht des Fremdlings streifte, war hinreichend, den Mann zu erraten, und in einem kurzen, dem Scheine nach bedeutungslosen Wortwechsel drang er in dessen Inneres. Jeder Leidende fand in dem außerordentlichen Mann nicht einen Tröster, einen mitleidigen Freund, sondern den wirklichen Gefährten seines eigenen Unglücks wieder. Man ward mit ihm eher vertraut, als bekannt, und wenn er lehrte, glaubten wir nicht seine, sondern unsere eigenen Gedanken und heimlichen Wünsche bestimmter geordnet und deutlicher entfaltet von seinen Lippen zu hören.

Er begann demnach seine Erzählung und sprach: Ich war in meiner Jugend ein Wildfang und wäre gern Soldat geworden. Man fühlt da strotzende Kraft und brüstet sich gegen die Welt unseres Herrgottes, und glaubt, man könne es mit den über- und unterirdischen Mächten zugleich aufnehmen. Aber meine Eltern glaubten nicht so. Sie haßten den irdischen Krieg, liebten aber den geistigen gegen die Mächte der Finsternis desto mehr. Sie weihten mich also zum Streiter Christi auf Erden und ich, mit kindlicher Hingebung in ihren Willen, erfüllte den Wunsch des grauen Paares und ergab mich dem geistlichen Stande. Ich ergab mich ihm, das heißt, all mein Wesen gehörte ihm bald an. Ein junger Mensch mit glühender Phantasie ist in seiner Art nichts zur Hälfte. Mein Ehrgeiz, ohne Hoffnung, die Welt durch Waffen zu erschüttern, träumte nun, alle Kirchen der Christenheit mit dem Glanze der Heiligkeit zu erfüllen. Ich ward ein frommer Schwärmer. Die Einsamkeit und die stille Pracht des Klosters, in welchem ich lebte, das Lesen der Kirchengeschichte, der christlichen Verfolgungen, der Leiden unserer Heiligen und Märtyrer begeisterten mich. Ich sah die Welt für eine große

Kirche an, in welcher Gott selbst der Hohepriester sei. Die Liebe vollendete meine fromme Thorheit. Ich ward mit einem jungen Frauenzimmer bekannt, dessen Schönheit mich entzückte, dessen Freundschaft für mich meine Einsamkeit in ein Paradies verwandelte. Ich brachte die Liebe und mein verwundetes Herz zum Opfer dar. So wähnte ich den ersten Schritt zur Brüderschaft mit allen Heiligen gethan zu haben. Indem ich den Himmel mich anlächeln sah, schmeichelten die Thränen eines unglücklich liebenden Mädchens meiner Eitelkeit. Wie groß, wie geläutert von dem groben Stoff des Irdischen, wie heilig erschien ich mir selbst! Ich wollte jetzt in einen Mönchsorden treten. Aber meine Eltern hielten mich zurück. Ich wurde Weltpriester und empfing durch den Einfluß meiner Verwandten bald eine schöne Pfründe. Kaum lebte ich außerhalb der hohen Ringmauern des Klosters, so verflog der Rausch meiner Frömmigkeit, ich fand das Getümmel einer großen Seestadt reizender als das schwermütige Einerlei innerhalb der geweihten Mauern. Mein Ehrgeiz aber blieb derselbe; er wechselte nur das Ziel. Es war bald in mir beschlossen, einer der ersten Gelehrten und Schriftsteller unsers und aller Jahrhunderte zu werden. Mein Tummelplatz sollten die weitläufigen Gefilde der Theologie und Philosophie sein. Mein erstes Werk sollte die unzerbrechliche Schutzwehr der geoffenbarten Religion gegen alle Anfälle des Zweifels und des Spottes werden. Ich las und dachte und schrieb, und ehe ich's selbst gewahr wurde, stand ich mit den Waffen gegen das Heiligtum gekehrt, welches ich mit ihnen zu verteidigen gewagt hatte. Die eingeschlichenen Mißbräuche der Kirche machten mir die Kirche, und die Kirche endlich die Religion verdächtig. – So ward ich ein verlorener Sohn derselben. Ich wollte endlich zu meiner eigenen Beruhigung ein neues Gebäude aus den Trümmern des zusammengestürzten aufführen. Vergebliches Bemühen! Diese Trümmer, was waren sie? Graue Vorurteile aus der Kindheit des menschlichen Geschlechts; zerrissene Täuschungen, versunkene Hoffnungen. Meine Ruhe, mein Glück war dahin. Ich beklagte den Frieden einer harmlosen Jugend, wühlte umsonst in dem Schutte meiner Träume, verfluchte umsonst mein vermessenes Beginnen, in die Geheimnisse der Geisterwelt zu dringen. Da lag ich elend und zerschmettert, wie die Riesen unter ihren Felsen, die unzufrieden mit der Erde sich Bahnen in das Reich der Götter eröffnen wollten. Nach Licht hatte ich gestrebt, und fand mich nun in unendlicher

Finsternis. Ich wollte Gott näher schauen, und er war aus dem verworrenen Weltall verschwunden. Wo ich ehemals mit süßem Schauer seine Gegenwart ahnte, sah ich tote Reste der sich selbst verzehrenden Natur. Ich wollte den Schleier von der Ewigkeit ziehen, und starrte in ein unermeßliches Grab, worin das Schweigen der Vernichtung und alles umdunkelnde Vergessenheit lag.

Und sehet, meine Lieben, fuhr Dillon fort, ich war sehr unglücklich! Aber ich suchte mich zu erheben und ein Schicksal mit männlichem Mute zu ertragen, welches ich nicht ändern zu können glaubte. Ohne zu wissen, ob ein Gott herrsche und Unsterblichkeit mein Los sei, ehrte ich die Gesetze der Tugend und fühlte in ihrer Erfüllung zuweilen einigen Trost. In dieser Gemütsstimmung war es, daß ich mich zu Toulon befand; und hier war es, wo ich den Mann kennen lernte, der mir den verlornen Frieden wiedergab.

2.

Eines Tages, so erzählte unser Abbé, empfing ich den Auftrag, mich in das Spital der Galeerensträflinge zu begeben, um dort einen alten kranken Galeerensklaven zum Tode vorzubereiten. Die Ärzte hatten die Hoffnung aufgegeben, ihn zu retten, ebenso die beim Spital angestellten Geistlichen. Diese fanden in dem grauen Sünder einen Ketzer, welcher sich durchaus nicht bekehren lassen wollte. Man hielt mich damals für einen Gelehrten. Der Kapitän der Galeere, Herr Delaubin, schien den Sklaven zu schätzen, und da er mich persönlich kannte, drang er ebenfalls in mich, für das Seelenheil des verstockten Sünders zu sorgen. So wenig Neigung auch in mir war, einen Abtrünnigen in den Schoß der Kirche zurückzuführen, ich gab den Bitten nach. Man hatte meine Neugier rege gemacht, indem man allgemein behauptete, der Ketzer sei vollkommen vom Teufel besessen; sei ärger als Calvin und bringe die geschicktesten Heidenbekehrer aus dem Text. Man führte mich in das Zimmer des kranken Galeerensklaven. Da saß er in einen alten Mantel gewickelt, mit dem Gesicht gegen das offene Fenster gekehrt, dem vollen Sonnenschein ausgesetzt, als wollte er sich an ihm erwärmen und zugleich die heitere Aussicht ins Freie genießen. Er drehte den Kopf nach mir um. Ich vergesse dieses blasse Heiligengesicht, so lange ich leben werde, nicht. Hier war nicht der düstere, stiere Blick des gewöhnlichen Verbrechers, oder die schamlose Frechheit des ver-

härteten Lasters und die Reue und Niedergeschlagenheit der ge-
züchtigten, aber nicht gebesserten Bosheit; nein, es war die stille
Unbefangenheit einer reinen Seele, die Güte der Unschuld, welche
aus den großen schönen Augen sprach.

Ich näherte mich ihm. »Verzeihen Sie,« sprach er, »ich kann Ihnen
meine Ehrerbietung nicht bezeugen! Sie sehen meine Beine da auf
das Strohkissen hingestreckt. Sie sind schon bis zum Knie ange-
schwollen.« – Ich trat vor ihn hin und fragte ihn nach seinem Namen. Er nannte sich Alamontade, gab mir seinen Geburtsort an und
zugleich, daß er, in der Blüte seiner Jahre zu den Galeeren verurteilt, die Strafe bis auf ein halbes Jahr überstanden habe. Er war nun
seit neunundzwanzig Jahren Galeerensklave gewesen.

»Wohl Dir,« sagte ich zu ihm, »so wirst Du bald erlöset sein – Du
wirst Deine Heimat wiedersehen und den Rest Deiner Tage als ein
redlicher Mann leben können!«

»Ich werde meine Heimat nicht wiedersehen!« sagte er mit einer
bebenden Stimme. »Ich habe keine Heimat in der Welt – man hat sie
mir geraubt. Ich sehne mich ins stille Land der Gräber. Ich weiß es
ja, der Tod ist freundlicher gegen mich als das Leben. Er wird so
lange nicht mehr zögern als er schon gezögert hat.

»Glaubst Du also,« nahm ich wieder das Wort, »daß Du Deine
Freilassung nicht erleben werdest?«

»Ich hoffe es wenigstens,« gab er zur Antwort, »daß der Tod mich
eher von der Bürde meiner Tage, als das Gesetz von den Fesseln
erlösen werde.«

»Und Du kannst wirklich mit so großer Ruhe an den Tod denken? Hast Du Deine Strafzeit auch so angewandt, daß Du hoffen
darfst, vollkommen mit dem ewigen Richter ausgesöhnt zu sein?
Siehe, Alamontade, der Herr Kapitän Delaubin erweiset Dir viel
Gnade. Er glaubt selbst, Du werdest nur noch wenige Tage zählen ... ich komme auf sein Verlangen zu Dir, um ...«

Alamontade unterbrach mich: »Die Gnade unseres Herrn Kapi-
täns rührt mich tief; auch Ihre Menschenliebe, mein Herr, ehre ich,
aber ich bitte Sie demütigst, meinen Herrn zu ersuchen, keinen
Geistlichen weiter zu senden, sondern meinen letzten Stunden den

Trost der Einsamkeit zu gönnen! Soll und muß ich denn auch dieses Trostes entbehren?« –

Er sagte dies mit so herzlich bittender Stimme, daß ich ohne weiteres mein Wort gab, mich für ihn zu verwenden. Unter anderem ließ ich dabei den Gedanken ganz unwillkürlich fallen: es sei eine Pflicht, das Begehren der Sterbenden zu ehren; und wenn er ein Gottesläugner wäre, solle man ihn nicht wider seinen Willen in den Himmel bringen.

»Sie sind ein Geistlicher?« sagte er. »Ihre Milde thut mir wohl, mehr denn alle Ermahnungen Ihrer Vorgänger. Sie geben mir Ruhe, und machen mich zum Herrn meiner kostbarsten Stunden, der letzten. Einem Mann wie Ihnen, voller Duldung, Erbarmen und Einsicht, kann auch die Dankbarkeit eines Sträflings nicht unangenehm sein. Sie sind ein außerordentlicher Mann!«

»Außerordentlich?« sagte ich. »Ich finde nichts Außerordentliches in Erfüllung der ersten Pflichten jedes Menschen.«

»Eben darin liegt das Außerordentliche!« rief er.

Ich verlangte von ihm, sich näher zu erklären. Er schien Anstand zu nehmen, und fragte mit Schüchternheit, ob ich nicht zürnen würde, wenn er sich frei aussprächse? Ich versicherte ihm, daß es mir sehr lieb sein werde. Darauf sprach er: Mein Herr, wenn der gewöhnliche Mensch seine Pflichten thut, verdient er wahrlich kein Lob! Aber der Mensch, den Stand und Würde über seine Mitbrüder erheben, sein Herz verhärten und sein Urteil lähmen, verdient Bewunderung, wenn er unbefangen und der menschlichen Natur getreu bleibt. Darum soll man an gebornen Königen jede Tugend, an Soldaten das Zartgefühl für Leidende, an Advokaten die Gerechtigkeit, an Priestern die Ehrfurcht vor fremder Meinung rühmen.«

Einem alten Galeerensklaven glaubte ich das Urteil nicht anrechnen zu müssen. Aber doch wurde der Mensch mir durch dies und alles, was er sprach, bedeutender. Ich drang weiter in ihn. Ich war glücklich genug, sein Vertrauen zu erwecken. Meine Unterhaltung schien ihm angenehm gewesen zu sein. Er bat demutsvoll um Wiederholung der Besuche. Ich erfüllte sein Verlangen, ich besuchte ihn täglich. Unser Gespräch wandte sich bald zu den erhabensten Gegenständen der Menschheit. O Ihr Lieben, dieser Verachtete erhob sich in meinen Augen bald zu einem der ehrwürdigen Sterblichen. Er, den ich von seinen Irrtümern bekehren sollte, er bekehrte mich. Seine Weisheit wurde in den Nächten des Lebens mein Leitstern. Seine Tugend heiligte mich wieder. Kommet, ich teile Euch Alamontades Unterhaltungen mit! So ehre ich sein Andenken am schönsten. Was Ihr bis jetzt von mir vernommen, betrachtet als Einleitung zu allem. Euer Seelenzustand ist derselbe, welchen ich zu dem sterbenden Sklaven mitbrachte. Was er damals zu mir sprach, nehmet, als sei es auch zu Euch gesprochen.

Mit diesen Worten erhob sich der Abbé Dillon. Wir gingen schweigend am Ufer des Sees entlang.

Als wir auf des Abbés Zimmer kamen, und die Kerzen angezündet waren, zog er unter seinen Papieren ein Heft hervor. Wir setzten uns, und Dillon las.

3.

Obgleich ich den Sklaven nicht mit Untersuchungen über religiöse Dinge behelligen wollte, weil ich ihn zu kränken fürchtete, leitete er doch selbst die Rede darauf. Er sprach mit Wärme über die Religion.

»Wie,« sagte ich, »Du hast also doch eine Religion, Alamontade?« – »Glauben Sie,« antwortete er, »daß irgend ein Mensch ohne Religion sei? Nur die früheste Kindheit und der Wahnsinn mögen ohne solche sein.« – »Und welche ist die Deinige? Denn man hält Dich für einen Gottesläugner.«

Er versank in ein wehmütiges Schweigen. Dann erhob sich sein Blick wieder zu mir, und er sprach: »Sie fragen nach meiner Religion? Wie soll ich sie Ihnen beschreiben? Es ist die, welche der Schöpfer selber in meinem Innersten offenbarte. Die Vorurteile des großen Haufens, die Sittenlosigkeit der Priester und Mönche, die Widersprüche des kirchlichen Lehrbegriffs mit den unerschütterlichen Wahrheiten der Natur erweckten in früheren Zeiten mein Nachdenken. Und dieses leitete mich aus dem Schoß der Kirche in den Arm Gottes. Meine Religion, mein Herr, kennt ein jeder! Sie finden sie in allen Weltgegenden wieder. Alle Völker haben sie; nur mit mancherlei Schmuck und Zusatz, dessen sie für mich nicht bedarf. Mir ists leichter als allen, sie zu haben. Ich bin ein Elender, der zwar keinem Volke, aber doch der Menschheit angehört. Darum habe ich nicht die Religion *eines* Volkes, sondern die Religion der Menschheit, und niemand verfolgt mich darum. Auch haben sich die Nationen nie um die Religion, sondern um deren Schmuck und menschlichen Zusatz gestritten ... Aber sei's doch; wohl denen, die für ihn starben! Beide waren in ihm selig.«

»Wenn Du aber Deinen Glauben für den wahren hältst, und nicht mehr zweifelst; wenn Du also überzeugt bist, daß die Religion anderer etwa Wahn und Irrtum sei, wie kannst Du sie doch selig preisen?«

»Weil sie es waren. Ach, wäre ich ein Mensch wie andere, und wie ich's einst war, und hätte der Welt Vertrauen und Liebe gewonnen ... dennoch hätte ich mich vor der Sünde gefürchtet, fremden Glauben anzutasten. Die Bewohner der Erde leben ja in ewiger Unmündigkeit. Sie sind Kinder allesamt, und bedürfen des Gängelbandes und des Vormundes. Ihre Vernunft liegt allezeit in der weichen Wiege der Phantasie; und die Empfindungen stehen umher, sie zu wiegen. Zwar schwebt vor ihnen die gewaltige Natur und zeugt mit lauter Stimme: Es ist ein Gott! Zwar wohnt im Innern ihres Herzens ein heiliger Bürge für die Ewigkeit – doch ist ihr Vertrauen zu sich selbst zu gering. Sie zittern vor Selbsttäuschung. Sie glauben dem Fremden mehr als dem Heimischen. Sie bedürfen der Offenbarung. Wohlan denn! Jedes Volk hat seinen Gottgesandten und Propheten; und jedes Kind glaubt seinem Vater mehr, als sich selbst. – Nur wenige einzelne ergeben sich aus der Masse der Millionen; sie verstehen das Zeugnis der Natur und den Bürgen in ihrer Brust, und das Licht ihres Geistes, als Leitstern der Menschheit. Dies sind die Mündigen, die Gottgesandten.«

»Kann aber,« sagte ich, »kann dereinst nicht eine Zeit erscheinen, wo das Menschengeschlecht aus dem Stande der Unmündigkeit hervortritt?«

»Ich zweifle daran,« antwortete Alamontade. »Bei dieser Welteinrichtung, wo wir unser Brot im Schweiße unsers Angesichts genießen sollen, verfliegt der schönste Teil des Lebens überall am Pfluge, am Webstuhl, in der Scheune und am Schiffsruder, im Dienst irdischer Bedürfnisse. Nur wenigen ward es vergönnt, ihre Tage den Wissenschaften zu weihen. Es kann ein Jahrhundert erscheinen, wo endlich das Volk die Ergebnisse der Weltweisheit und Naturkunde, die Früchte mühsamer Untersuchungen auf allen Gebieten der menschlichen Erkenntnis als Eigentum besitzt; es kann ein Jahrhundert erscheinen, wo selbst die Religion in ihrer stillen Einfalt und frei von sinnlichem Gepränge Religion des Volkes ist – aber nie wird das Volk selbst untersuchen und prüfen können. Es wird die großen einfachen Grundsätze und Lehren nicht aus ersten Quellen unmittelbar schöpfen, sondern sie im Vertrauen auf des Lehrers Weisheit empfangen. Und so wie dann, so steht es jetzt. Das Volk hängt mit Glauben an dem, der ihm ein Geweihter höherer Erkenntnis ist; mit dem Glauben, welchen das Kind zu seinen Eltern, der Kranke zu seinem Arzt bringt. Alte Vorurteile werden untergehen, aber neue emporsteigen und die Welt beherrschen. Die Menschen werden kunstvoller, gebildeter, menschlicher werden. Sie werden einst schaudern vor den Zeiten der Barbarei, in welcher wir heute leben – und dennoch aus dem Stande der Unmündigkeit nie ganz hervorschreiten können.«

»Ich zweifle,« sprach ich, »daß die Menschheit, indem sie sich ausbildet, und eines höhern Grades der Einsicht, des Zartgefühls sich freut, zugleich des Elends weniger sehen sollte.«

»Warum nicht? O wahrlich, mein Herr, unter einem veredelten Volk würde ich nie die schönere Hälfte meiner Tage im Kerker und in Fesseln verschmachtet haben! Können Sie nicht glauben, daß mit der Gesittung der Völker die öffentliche Glückseligkeit steigt und das Elend sinkt – so vergleichen Sie einen Augenblick lang die gebildeten Nationen unserer Zeit mit den rohen Horden, die noch auf der untersten Stufe der Kultur stehen; teilen Sie einen Augenblick mit diesen die Angst des Aberglaubens. die Ungezähmtheit brünstiger Leidenschaften, die Unmenschlichkeit ihrer Kriege, die Grausamkeit ihrer unbeholfenen Rechtspflege, die bittern Früchte der Unwissenheit in jeglicher Lebenslage ... vergleichen Sie den wohlhabenden Europäer unsers Jahrhunderts mit dem wohlhabenden Mann des wilden Mittelalters! ... Die Entwickelung der mannigfaltigen Anlagen der menschlichen Natur vergrößert den Genuß und die Freuden des Lebens; die Zerstörung schädlicher Vorurteile, die fortdauernden Eroberungen im Gebiet der Wissenschaft vermindern die Zahl der Übel, und geben der Seele allmählich eine Größe und Kraft, mit welcher sie sich über die unabänderlichen Übel emporhebt.«

So redete Alamontade. Ich hörte ihn mit Vergnügen an; meine Gedanken wirkten nur dahin, ihm neue Gedanken zu entlocken.

4.

Als ich eines Nachmittags zu Alamontade kam, fand ich ihn im Bette. Eine ungewöhnliche Heiterkeit überstrahlte sein Antlitz; er lächelte mich an, nie hatte ich ihn lächelnd gesehen.

»Du scheinst Dich heute wohl zu befinden?« sagte ich zu ihm. – »O sehr wohl! Schon erstreckt sich die Geschwulst meiner Füße gegen die Hüften, und der Arzt schüttelte bedenklich sein Haupt. Er kann also doch dem Feinde nicht länger widerstehen, welchen er Tod nennt, und den ich Leben heiße.«

»Stirbst Du denn gern, Alamontade?«

Er sah mich bei dieser Frage mit einer unbeschreiblichen Heiterkeit an; in seinen Blicken spiegelte sich das verschlossene Feuer seines Herzens. »Wie?« sprach er. »Wenn der freundliche Augenblick erscheint, welcher mir die schweren Eisenketten von den müden Beinen nimmt und mich aus der dumpfen Kerkerkammer und traurigen Fremde in die geliebte Heimat zurückführt, soll ich da zittern? Wer liebt auf Erden noch den vergessenen Alamontade? Kein Auge wird mitleidig über seinem Leichnam Thränen vergießen. Ich hinterlasse nichts Geliebtes, welches mir die Rückkehr zum väterlichen Hause erschweren könnte.«

»Und Dein väterliches Haus? Wo ist das, Alamontade?«

»Es ist da, wo ich wieder bei den Meinigen sein werde; wo ich wieder in der großen Familie des Allvaters als Kind auftrete, nicht als Stiefkind, und wo ich allen gleichgeschaffenen Wesen gleich gelte. Der Erdball gehört auch zum Gebiete des Ewigen; aber ich ward hier ins Elend hinabgeschleudert, und keiner kannte mich, keine Seele begrüßte mich als Bruderseele.«

»Weißt Du es denn, Alamontade, weißt Du es gewiß, daß Dich nach der Todesstunde noch Stunden des Lebens erwarten? Kannst Du mit unerschütterter Überzeugung Dein Auge schließen? Du bist es gewesen, der mir selbst bekannte, daß keine geoffenbarte Religion Dich erquicke, wie kannst Du, ohne höhere Offenbarung, Dein Loos nach dem Tode wissen? . . . Doch ich will Deine innere Ruhe nicht mit Zweifeln unterbrechen.«

»Wahrlich,« antwortete Alamontade, »diese Ruhe stört kein Zweifel. Ich selbst stehe da, wo diejenigen standen, welche dem kindlichen Menschengeschlecht Offenbarung gaben, ohne sie empfangen zu haben. Der Mensch in seiner Vollendung bedarf keiner übernatürlichen Erscheinung, um sich im heimatlichen Weltall heimatlich zu fühlen. Nur der Blinde muß durch fremde Hand geleitet werden; ihm bleibt die Straße dunkel, auch wenn ihm tausend Sonnen leuchten.«

»Wann aber ist der Mensch in seiner Vollendung?« frug ich.

»Sobald er seine gesamten Anlagen ebenmäßig ausgebildet hat, recht sie zu würdigen und zu verwenden weiß,« erwarte Alamontade; »wer mit den Händen wandern, mit den Füßen handeln will, wird ein Thor gescholten, und mit Recht. So ist auch der ein Thor, welcher mit der Einbildungskraft die Ewigkeit umfassen will; oder wer die Gefühle zu Sittengesetzen macht; oder wer das Gewesene läugnet, was seinem Gedächtnisse entronnen ist; oder an keine Zukunft glaubt, weil sie noch nicht gewesen ist; oder einen Gott bezweifelt, für dessen Dasein so viel, oder so wenig Beweise sind, als für das Dasein unseres Ich . . . Stark ist der Mensch und groß und einem Gott gleich in seinem Lebenskreise. Aber die falsche Richtung, die irrige Anwendung seiner Kraft macht ihn gebrechlich. Er will mit den Augen zuweilen hören, mit den Ohren sehen. Das kann er nicht. Dann weint er über das Elend des menschlichen Wesens, und klagt die Welt und ihren Urheber an; ihm mangelt überall Wahrheit, und doch ist er selber daran Schuld.«

Ich fühlte mich von dieser Rede getroffen. Ich entdeckte mich dem weisen Manne ohne Hinterhalt, verriet ihm meine Krankheit, diese fürchterliche Zweifelsucht, welche all meinen Frieden zerstörte.

»An allem zweifeln Sie,« sprach er lächelnd, »also auch daran, daß Sie zweifeln? Sie finden nirgends in der Welt Gewißheit, also auch darin nicht, daß Sie es sind, der keine Gewißheit findet?«

»Nein,« rief ich, »daß ich da bin, kann ich nicht läugnen, ohne Wahnsinn; daß ohne mich noch andere Dinge sind, ist auch gewiß. Aber was diese sind, warum ich bin – das weiß ich nicht.«

»Woher wissen Sie, daß Sie sind? Wer hat es Ihnen geoffenbart?«

»Ich empfinde, ich denke, und daraus schließe ich, daß etwas empfindet und denkt, und dies Etwas ist mein Ich. Es wirket etwas auf mich ein, unabhängig von der Willkür meiner Vorstellungen; ich habe demnach keinen Grund, am Vorhandensein anderer Dinge zu zweifeln. Aber die Dinge kenne ich nicht, sondern nur ihre Wirkungen auf meine Sinne. Ich ergründe nun aber wieder den Zusammenhang meiner Seele mit der Außenwelt nicht. Ich finde, je länger ich die Natur studiere, daß die von den Außendingen in mir erzeugten Wirkungen mich gar nicht berechtigen dürfen, auf ihre Beschaffenheit zu schließen, sondern daß die Beschaffenheit der Wirkungen eine Folge meiner unbegreiflichen Einrichtung sei.«

»Ach, mein Herr,« sagte Alamontade, »wenn es dem Menschen nicht um höhere und schönere Geheimnisse zu thun wäre: die Kenntnis der ihn umgebenden Dinge würde ihn sehr wenig beschäftigen. Aber mit Vergnügen will ich Ihren Gedanken folgen. Das, was durch das ganze Leben meinen einsamen Stunden Unterhaltung gewährte, soll mir auch die letzten Wochen, Tage oder Stunden meines Hierseins versüßen. Ich gestehe mit Ihnen, daß auch mir die Ursachen der Dinge, die ich Welt nenne, ein geheimnisvolles Dunkel verhüllt; daß ich eigentlich nur in einer Vorstellungswelt lebe, die alles nach den Gesetzen meines Geistes gestaltet. Aber auch in dieser muß ich, nach eben den Gesetzen, das wirkende Etwas von der Wirkung unterscheiden. Ich sehe also das Weltall in zwei Teile zerfallen: eine Welt voller Erscheinungen, oder der Wirkungen auf mich, und diese ist's, die ich allein kenne – eine andere Welt voll wirkender, an sich unbekannter Ursachen, die ich aus den Wirkungen erkenne; zu diesen gehört mein Ich, oder, wenn Sie wollen, meine Seele, die selbst Erscheinungen hervorbringt. So erblicke ich freilich von dem ungeheuren Uhrwerk des Weltalls nur die Außenseite, nur das Zifferblatt; aber finster und rätselhaft bleibt mir das innere Getriebe und der erhabene Künstler.«

»Du sprichst,« sagte ich, »Du sprichst von Ursachen und Wirkungen; aber weißt du auch, ob dem wirklich im Weltall also sei?

Wer bürgt dafür, daß nicht alles anders sei, als Du Dir es vorzustellen gezwungen bist? Wie, wenn Dein ganzes Weltall nichts mehr und nichts weniger als eine notwendige Folge Deiner geistigen Einrichtung wäre, so wie die Rose das notwendige Ergebnis der innern Einrichtung des Rosenstockes ist?«

»Darauf,« erwiderte mein Philosoph, »läßt sich nur eins antworten: entweder will ich Gebrauch von meinem Kenntnisvermögen machen, und dann muß ich infolge seiner Gesetze denken; oder ich will nicht nach den Vorschriften meiner Vernunft urteilen, will dem Vernunftgemäßen auch etwas Vernunftwidriges, als gleichgeltend, an die Spitze setzen: und dann hört alles Forschen auf, und der Wahnsinn nimmt dessen Platz ein. Die Sprache des letztern versteh' ich nicht, so wenig er sich selbst versteht. So lange ich also Mensch, das heißt vernünftig bin, rede ich nach der Vernunft, und der Zweifel des Wahnsinns kann mich nicht anfechten. Ich spreche nur von der Welt, wie ich sie habe, nicht von dem, wovon mir kein Beweis, keine Spur, keine Ahnung zugekommen, und was nirgends für mich, als in einem Seitensprung der Phantasie ist. Genug! Ich weiß, daß ich bin, wiewohl der Wahnsinn auch sich selbst bezweifeln möchte; ich weiß, daß andere von mir unabhängige Dinge auf mich wirken. Ich bin, und bin nicht einsam. Ich teile den Genuß des Daseins mit Millionen anderer Wesen. Ich kenne, unter diesen Millionen, mir gleichgeschaffene Wesen, und nenne sie und mich, weil sie eine freie Selbstthätigkeit haben, zu wirken, Geister. Ich kenne sie, wie mich, nur aus ihren Erscheinungen in Worten und Handlungen . . . Doch ihre Natur ist mir unbekannt. Sie gehören zu den ersten Ursachen, zu jenen Kräften, welche die Welt mit ihren Wirkungen füllen, wiewohl sie an sich selbst Geheimnis bleiben.«

»Und warum müssen sie an sich ein Geheimnis bleiben?« frug ich.

Auf dieses warum antwortete er: »Die Frage streift an die Grenze unseres Wissens. Ich könnte wohl antworten: Wie die ganze Natur um uns her lebt und wirkt, und dabei keine Anschauung von ihrem eigenen Innern hat; oder wie der einzelne Gedanke aus dem menschlichen Geiste hervorgeht, ohne daß der Gedanke sich in seiner eigenen Wesenheit erkennen kann, weil er nicht Quell seiner selbst, sondern ein Ausfluß oder gleichsam ein Teil unseres Ich ist:

so hat auch der Geist zwar Bewußtsein, aber ebenfalls keine Anschauung und Erkenntnis von der eigentlichen Beschaffenheit seiner Natur, weil auch er nicht unabhängiger Quell seines Vorhandenseins, sondern Teil und Ausfluß eines höheren Lebens, ein Gedanke ist aus diesem Höhern, welchen die menschlichen Zungen Urgrund alles Seins oder Gott heißen. Ich könnte sagen: Das unendliche All der Geister, Wesen, Kräfte und Dinge ist nur ein Einziges, ein getrenntes Ganze, das zwar den Sinnen oder dem menschlichen Vorstellungsvermögen teilbar vorkommt, aber es in sich selbst nicht ist. Das Einzige, dies All, außer welchem nichts mehr möglich gedacht werden kann, weil es selbst alles ist, hat, weil es alles ist, allein im höchsten Bewußtsein die Anschauung seiner selbst. Wir andern Geister, Wesen, Kräfte und Dinge sind Gottesausflüsse, ohne Anschauung unserer innern Wesenheit, weil wir sonst das Wesen Gottes durchschauen und erkennen müßten, der unser Urwesen ist. Ich könnte Ihnen mehr sagen. Aber würden Sie mich verstehen? Auch ich habe einst vorwitzig oder neugierig den Kreis überschreiten wollen, welchen die Natur mir für meine Wirksamkeit vorgezeichnet hat; aber bald fühlte ich die Eitelkeit meines Bemühens. Der erste Schritt zur Weisheit und Beruhigung ist, das Unmögliche anzuerkennen; der zweite, nicht das Unmögliche zu wollen. Da es nun thöricht ist, das Unmögliche zu wollen, so muß uns das Opfer leicht werden, für immer und gänzlich mit unsern Gedanken von ihm abzulassen, und uns mit dem zu begnügen, was wir haben. Und das, was wir im Reiche des Wissens haben, ist genug für unsere Beruhigung. Während mein Geist in den Wundern der unendlichen Natur schwelgt, fühlt er sich selbst, als einen der edlern Teile, in ihr. Die Natur bleibt, nur die Formen, die Farben, die Zusammensetzungen der Dinge ändern sich; aber was hinter diesen Farben und Formen liegt, und was diese wechselnden Erscheinungen hervorbringt, hört nicht auf. Ich kann durch die Gewalt des Feuers einen Palast in unsichtbare Sonnenstäubchen auflösen; aber damit habe ich nur ein Verhältnis der kleinen Teile zu einander aufgehoben, welches ehemals Palast hieß; die Teile selbst habe ich nicht aus dem Weltall ausgerottet. Die wirkenden, unbekannten Kräfte, die Dinge an sich bleiben; nur andere Erscheinungen erzeugen sich selbst, das heißt, sie machen auf meine Sinne einen andern Eindruck, da sie in andern Verhältnissen mit mir stehen. Weiter dringe ich nicht. Teils erblicke ich überall den Grenzstein meines Wissens; teils bedarf ich zu meiner Beruhigung nicht mehr, als mir zu wissen vergönnt ist.«

»Ich gestehe Dir,« sagte ich zu Alamontade, »Deine Philosophie ist sehr genügsam. Die meinige fordert leider mehr. Sie sucht feste, unbedingte Wahrheit, und findet sie nirgends. Sie sucht Gewißheiten über die wichtigsten Angelegenheiten der menschlichen Natur, und entdeckt nur Zweifel weit umher.«

Alamontade lächelte sanft, streckte seine Arme empor, und seine Augen glänzten von einem freudigen Strahl. »Auf meinem Eden,« rief er, liegt keine trostlose Nacht! Ich bin . . . und bin im unendlichen, unerforschten All; aus ihm, aus Gott verliert sich nichts. Mein Sein ist mit dem Sein des Weltalls eins. Es ist eine Urkraft; aus ihr bin ich; ihr Name ist auf aller vernünftigen Wesen Zungen; von ihr weht jedem Herzen Ahnung zu; und jeder Vernunft ist's gegeben, sie zu denken, sie zu ehren . . . Und das ist Gott! Und der Gedanke an Gott ist die dunkle Anschauung unseres eigenen geheimnisvollen Wesens; und die Selbstachtung des tugendhaften Geistes für sich ist eine Verehrung des Urgrundes von allem, was ist.«

Alamontade hatte meine Frage nicht verloren. Er nahm sie nach einiger Zeit wieder auf.

»Nichts scheint mir natürlicher,« sagte er, »als daß der Mensch tiefer in Zweifeln versinkt, je weiter er den Spuren einer aus der Ferne leuchtenden Wahrheit nacheilt! Die träge Ungewißheit nur allein glaubt alles, sie bezweifelt nichts. Wer sich ihr entreißt, entdeckt unter zehn verehrten Wahrheiten gewiß neun Irrtümer. Beschämt von mannigfachem Selbstbetrug, wird er voll Mißtrauen. Ihm genügt nichts mehr als feste, unumstößliche Gewißheit: er findet sie nirgends, denn überall kann er hinzusetzen: unter andern Verhältnissen könnte doch auch alles anders sein . . . Darum fließen Aberglaube und Unglaube unmittelbar aus derselben Quelle. Der Stuhl Petri zu Rom trug die ersten Gottesläugner der Christenheit . . . Zwischen der Nacht und dem Tage ruht Dämmerung: zwischen Irrtum und Wahrheit das quälende Helldunkel des Zweifels.«

»Aber warum verschmachtet so mancher in diesen Nebeln, und findet sich nicht hinaus zum Licht?« fragte ich dazwischen.

»Vielleicht fehlt's manchem,« sagte er, »an Mut, er bleibt stehen, statt in gerader Bahn vorwärts zu schreiten; ein anderer, der die Träume seiner Kindheit liebt, schaudert vor der ungewöhnlichen Gestalt der Wahrheit, und kehrt im Alter dahin zurück, von wannen er kam. Ich kannte in meiner Jugend manchen bußfertigen Gottesläugner. Noch andere suchen das Licht auf falschen Wegen, das heißt, statt fortzuschreiten, drehen sie sich in ihrem Zweifelkreise herum. Sie wollen Überzeugung vom Dasein Gottes und von der Unsterblichkeit der Seele. Um diese Entdeckung zu machen, fangen sie vergebliche Untersuchungen über die Natur der Dinge an, der Kräfte, von denen wir nur die Wirkung, nicht sie selbst wahrnehmen, Sie wollen erfahren, was Gott an sich, und was die Seele an sich sei, während sie ihrer Natur nach doch nur Erscheinungen von beiden erblicken können. Nach fruchtlosen Bemühungen stehen sie in ihrem Halbdunkel wieder auf der alten Stelle, und verzweifeln daran, aus den Irrgängen zu entkommen. Aber bei den meisten entspringt wahrscheinlich die Zweifelskrankheit aus der falschen Anwendung ihrer Geisteskräfte bei Behandlung des großen Gegenstandes. Sie wollen mit der Phantasie erwirken, was nur die Vernunft allein vermag. Sie wollen sich unter Bildern vorstellen, was sich nur denken läßt, wie auch mathematische Punkte und Linien sich denken lassen. Während die Vernunft arbeitet, schiebt die Phantasie unvermerkt den reinen Begriffen Bilder unter, und der getäuschte Philosoph nimmt diese für jene, und verzagt zuletzt am Gelingen seiner Sache. Daher ist jene Krankheit meistens jungen Männern Ihres Alters eigen, mein lieber Herr Abbé, wo man vom Spielplatz der Einbildungskraft in die Werkstatt des Verstandes tritt, beide liebt und beide wirken läßt, und wo dann die ersten Werke unserer Selbstthätigkeit seltsame, wenngleich zuweilen schöne Mißgestalten werden!«

5.

Dillon überschlug einige Hefte, zog eines der letzten hervor, und las:

»Und welchen Weg wähltest Du, Alamontade, um Dich aus der düstern Region der Zweifel zum Licht empor zu schwingen?« frug ich ihn eines Tages.

»Auch mich,« antwortete er, »marterte einst die fürchterliche Ungewißheit über den Wert meines Lebens und über mein künftiges Schicksal. Wem sind diese Gegenstände nicht früher oder später einmal wichtig geworden? Immer aber fand ich nur zwei Wege, welche mich zu einiger Kenntnis über diese Angelegenheiten führen konnten: den Weg der bloßen Erfahrung und den Weg der selbsttätigen Vernunft. Der Pfad der Erfahrung schien mir lange der sichere. Allein bald empfand ich, daß meine Gegenstände außerhalb des Grenzkreises der irdischen Erfahrung liegen; daß ich unter den gegenwärtigen Verhältnissen und mit den dermaligen Werkzeugen meiner Seele die außersinnlichen Ursachen der Dinge oder Erscheinungen nie kennen lerne, die mich umgeben; daß ich vergebens ringe, Erfahrungen in einer Welt zu machen, für die mir keine Schwingen gegeben worden; daß ich zwar selbst ein Teil dieser dunkeln Welt der Kräfte und Ursachen, aber ohne Wahrnehmungssinn für sie sei, nur Wahrnehmungen für ihre Wirkungen habe. So blieb mir noch allein der Vernunftweg. Ich empfand lebhaft, daß ich, wenn ich von Überzeugungen sprach, auf Gesetze der Vernunft zurücksehen mußte. Was ihnen widersprach, konnte mich nicht überzeugen. Ich bemerkte, daß alle Menschen, ohne Verabredung, ohne sich jemals gesehen zu haben, zu allen Zeiten, unter allen Zonen dieselben Vernunftgesetze besaßen wie ich, und daß sie nur in Anwendung dieser Gesetze von mir abwichen. Ich bemerkte, daß sobald das neugeborene Kind durch eine Reihe von eigenen Erfahrungen, und Vergleichung derselben unter einander in Stand gesetzt war, sich selbst von andern Dingen zu unterscheiden, es ebenso bald anfing, nach diesen Gesetzen zu denken, zu handeln. Ich fand dasselbe auch beim abgestorbenen Greise, dessen Einbildungskraft versiegt, dessen Gedächtnis geschwunden war. Bis das Leben seines Körpers erlosch, behielten die Gesetze seines Denkens ihre Hoheit, obgleich er bei Lähmung seiner Sinneswerkzeuge, wie

z. B. wenn er infolge des Alters durch Verlust des Gedächtnisses kindisch wurde, nicht mehr imstande sein mochte, die ihn umringenden Dinge richtig zu würdigen und die Gesetze seines Ich gehörig anzuwenden. Denke ich, handle ich nach diesen Gesetzen, so entwickelt sich alles vor mir in lichtvoller Übereinstimmung. Versuche ichs, mich ihrem Gebote zu entziehen, so stürzt alles in eine unauflösliche Verwirrung zusammen; ich schwinde unter zerreißenden Widersprüchen hin; ich rase. Die Einrichtung meines Ich zwingt mich, alles als Ursache oder Folge zu denken. Ich selbst erkenne mich als die Ursache meiner Gedanken, Wünsche und Handlungen. Ich kann nicht anders, als dem Dasein der mich umgebenden Welt der Kräfte, von welcher ich nur die Wirkungen auf mich, nicht sie selbst erkenne, eine Grundursache zu geben. Selbst der Gottesläugner läugnet diese nicht hinweg. Zwingt mich die Vernunft, ein letztes Urwesen anzunehmen, so zwingt sie mich zugleich, es nicht unvollkommener zu denken als ich selbst bin. Diese wunderbare Übereinstimmung im Weltganzen, diese Gesetze der geheimen Naturkräfte, welche das unermeßliche All leiten, sind so erhaben, wie kein Gedanke weder von mir selbst gedacht werden kann, noch jemals von Sterblichen gedacht worden ist. Ich ahne aus diesem eine mir ähnliche Kraft, ähnlich in Rücksicht der Selbstthätigkeit und des Bewußtseins. Und so tief ein einfaches Sonnenstäubchen unter dem wunderbaren Bau des Weltalls steht, so tief steht der Mensch mit seiner Weisheit und Kraft unter der Weisheit und Kraft des höchsten Wesens. Ja, mein Herr, wer die Gesetze der Vernunft nicht aufheben kann, der kann das alles ordnende, herrschende, alles beseelende Urwesen nicht aus dem Weltall in das Reich des Nichtseins verweisen! Der Mensch steht, wegen seines Bewußtseins und seiner erhabenen Eigenschaften, auf einer hohen Stufe in der Ordnung der Dinge. Und ein Beweis seiner Höhe ist, daß er durch seine Vernunft gezwungen ist, Gott zu denken. Er vernimmt aus seinem Innern eine Selbstoffenbarung Gottes, und erblickt in dem ihn umgebenden Weltall den Glanz des heiligen Urwesens. Mag auch ein selbstsüchtiger Schulweiser, mehr um zu glänzen als um zu überzeugen, die Begriffe verwirren, Zwiespalt anspinnen und sich groß dünken, bewiesen zu haben, es sei kein Gott – die Stimme der ganzen Natur hallt doch ewig in Deiner Brust wieder. Gott ist! Ich kann mich verstricken, mich mit Einbildungen betäuben, und immer komme ich wieder auf den Gedanken: Gott ist! Der Ruf der

Vernunft dringt durch alle Klügeleien. Was fordert man von mir? Soll ich am Sein des unendlichen Urgeistes zweifeln? So wollet ihr, ich soll am Dasein aller Dinge selbst, an der Herrlichkeit, Weisheit und Heiligkeit im Weltall zweifeln, oder lieber glauben, das, was uns Gehör, Auge und Verstand gegeben, könne selbst nicht hören, sehen und verstehen. – Soll ich an der ewigen Wahrheit der Vernunftgrundsätze zweifeln? So wollet ihr, ich solle den Widerspruch der Übereinstimmung meines Wissens vorziehen; ich solle den Wahnsinn der Wahrheit vorziehen, meine eigenen Zweifel bezweifeln, von Unsinn zu Unsinn taumeln. Merkwürdig ists, daß alle Zweifler im gemeinen Leben vernünftig dachten und handelten, wie andere; nur im Studierzimmer wurden sie irre. Ihre besten Werke sind Meisterstücke scharfsinnigen Wahnsinns. Alles, was man bei dem Anblicke des wunderbaren Weltalls und der zartberechneten Verkettung der Dinge sagen mag, ist: Ich begreife es nicht!«

6.

Ich trat, fuhr Abbé Dillon erzählend fort, an das Lager des unglücklichen Weisen, drückte gerührt seine harte Hand und sprach: »Du hast Recht, Alamontade! Alles, was auch der strengste Zweifler über diesen großen Gegenstand sagen kann, ist höchstem ein: Ich begreif' es nicht. Es läßt sich kein anschaulicher Beweis, weder dagegen, noch dafür geben. Ich fühl's, Alamontade, mit Dir, wir sind ohne Schwingen für die übersinnliche Welt! Aber Gott aus dem ewigen, unendlichen, prächtigen Weltall stolz hinwegläugnen wollen ist die überspannteste Anmaßung eines Träumers, dem mehr Schul- als Mutterwitz gegeben ward. Der menschliche Geist, durch die Gesetze seines Wesens gezwungen, muß ein höchstes Wesen glauben, obgleich er dasselbe nicht sinnlich wahrnahmen, nicht mathematisch beweisen kann. Wäre Gott sinnlich schaubar, so wäre er ein unendliches Wesen, so wäre er Staub, nicht Gott, Dieser Glaube ist mit der Vernunft so innig und eins, daß ihn zerstören, die Vernunft zerrütten heißt, dies fühlen alle Weltalter. Kein Völkerlehrer und kein Volk sprach auf Erden jemals: Ich weiß Gott! sondern in allen Zungen heißt es: Ich glaube Gott!«

Dillons Rede bewegte auch mich mit sonderbarer Gewalt. In Roderich's Augen glänzte eine Thräne. Wir breiteten die Arme aus, umarmten den Greis, küßten seine Wangen und riefen: Es ist ein Gott!

Ein leises Abendlüftchen wehte über die Blumen des Gartens durch die offenen Fenster, unsere glühende Schläfe kühlend, daher. Der Mond umfloß die Welt mit zauberhaftem Scheine. und eine Million fremder Sonnen funkelte in verworrenen Sternbildern vom Himmel herab.

Nach einer kleinen Weile nahm der Abbé Dillon das niedergelegte Heft auf und las:

»Und damit,« rief Alamontade, »ist's genug! Was will ich denn weiter? Es ist ein Gott, die höchste Güte, die höchste Macht – es ist kein willenloses, totes, mechanisches Wesen – denn sonst wäre ich, der ich mit Bewußtsein und freiem Willen ausgerüstet bin, mehr als Gott! . . . Ich bin Ausfluß dieses höchsten Wesens voller Heiligkeit und Güte . . . ich bin seines Geschlechts! Mehr bedarf ich nicht zu meiner Ruhe. Ich will sterben – der Tod macht mich nicht zittern. Kann ich denn vergehen? Kann, was ist, nichts werden? Das Nichts ist ein Gedankending, kein sachlich wirkendes vorhandenes Wesen. Kann ein reiner Gedanke zur vorhandenen Sachlichkeit werden? Sind Kräfte, welche wechselnde Erscheinungen bewirken, vernichtbar? So wäre das Weltall vernichtbar, so wäre Gott selbst vernichtbar? Welch ein Wahnsinn! Tod ist Ablösung des Geistes von gewissen Naturkräften, mit denen er sich vereint hatte, die wir Körper heißen. Der Geist aus Gott ahnet seine Heimat. Sie ist in Gott. Dahin zieht ihn die Sehnsucht, immer vom Endlichen zum Unendlichen, vom Wandelbaren ins Ewige. Diese Sehnsucht, wieder Eins zu werden mit dem, welchem unsere Natur näher als den sich unbewußten Kräften steht, diese Sehnsucht nach Vollendung ist keine Erfindung, kein kindisches, willkürliches Gelüsten, sondern naturnotwendiger Zug des Verwandten im Weltall zum Verwandten, gleichwie der Magnet das ihm verwandte Eisen anziehen muß. In allen Sterblichen waltet diese Sehnsucht; sie spricht nur verschiedene Sprachen, wenn sie Himmel und Hölle, Elysium und Tartarus nennt. Diese Sehnsucht beweiset mir nichts, als daß sie ist. Die Unvernichtbarkeit aber des göttlichen Wesens ist Bürgin für die Unvernichtbarkeit unseres Geistes. Ich sehe wohl überall im Reich der Natur die Formen sich ändern, aber nicht das Wesen derselben oder die Ursachen selbst aufhören, welche jene hervorgebracht. Ich sehe überall wohl die Erscheinungen wandelbar, aber nicht die Kräfte, welche im Dunkeln in diesen Erscheinungen liegen und sie bewirken. Warum soll ich nun meines Glaubens an Gott spotten, und mir einbilden, es wäre mir jene Sehnsucht vergebens in das Herz gelegt, und jenes Gesetz, welches auf die Ewigkeit hinzeigt, vergebens der Vernunft eingeflößt? Warum soll ich über das von ihren eigenen Wirkungen verschleierte Reich der Urkräfte klügeln, da ich's nie entschleiern, und also auch nie darthun kann, die Kraft, die ich mein Selbst nenne, höre auf zu sein, wenn die Form meines Körpers auseinander fällt? Warum soll ich glauben, daß diejenige tote Kraft, welche eine Erscheinung bewirkt, die ich Sonnenstäubchen nenne, vom Anbeginn der Dinge war und ewig bleiben wird; daß hingegen die Kraft, welche ich mein Ich nenne und welche die erhabensten Wirkungen hervorbringt, bald und für immer anhöre? Es war von jeher ein unendlicher Mißgriff der Schulgelehrten, wenn sie Kenntnisse über die Natur des menschlichen Geistes und über die wechselseitigen Einwirkungen der Seele und des Körpers sammeln wollten, um zu Beweisen für oder wider die Unsterblichkeit zu gelangen. Diese weisen Meister sahen die Seele etwa so wie ein Gebäude an, dessen längere oder kürzere Dauer sich aus der Zusammensetzung der Materialien, oder deren Güte erkennen ließe. Alle jene Bemühungen sind bis auf den heutigen Tag fruchtlos geblieben, weil sie unbesonnen und kindisch waren; die Natur der Seele an sich sowie das Wesen des Körpers an sich sind unverkennbar, weil wir beide, Seele und Körper, nur in ihren Erscheinungen wahrnehmen. Es fehlt uns aber, so lange wir Menschen sind, ein Blick für die finstere Welt der Dinge an sich. Es ist demnach gleich thöricht, Beweise für die Vernichtung als für die Unvernichtbarkeit des menschlichen Geistes aus dem zu ziehen, was unerforschbar ist. Alle Erfahrung verläßt uns bei diesem Gegenstand, weil wir nie Erfahrung von den Urkräften haben, sondern nur von ihren Wirkungen durch die Geisteswerkzeuge aus den Geist.«

»Wirklich, mein lieber Alamontade,« sagte ich, »diese Versuche habe ich längst als fruchtlos verachtet! Inzwischen will ich Dir nicht verbergen, daß neulich die Stelle eines Buches mich sehr erschüttert hat, wo von eben dieser Angelegenheit geredet wird, und wo der Schriftsteller sagt: Ich finde überall, daß dies Geschlecht der Dinge fortdauert, aber daß die Einzelwesen untergehen. Es liegt für mich darin etwas Wahres. Die Natur, unbekümmert um die Erhaltung des Einzelnen, sorgt nur für die Fortpflanzung der Gattung, und dies ist genug für die Erhaltung der Weltordnung. Es liegt der Natur nichts daran, ob in einem Tage Milliarden von Insekten vergehen, als wären sie niemals am Leben gewesen; aber ihre Gattung, ihr Geschlecht bleibt.«

»Gattung?« rief Alamontade. »Geschlecht? Giebt es im Reiche der Wesen an sich auch Gattung und Geschlecht? Reden Sie aber von den Körpern, von dem Sinnlichen, das heißt von den Wirkungen der Kräfte? Nun ja, da giebt es Art und Geschlecht; da lösen sich die einzelnen Teile wieder auf, während die Grundgattung bleibt. Es ist nicht unwahrscheinlich, daß im Reiche der Wesen und Kräfte höhere und niedere Ordnungen bestehen. Ihre wechselnden Verbindungen und Scheidungen unter sich selbst verursachen den Wechsel der Erscheinungen. Jede der Urkräfte gehorcht aber beim Zusammen- und Auseinandertreten mit andern ihrem eigenen und ewigen Gesetz. Daher herrscht im bunten Spiel der Erscheinungen keine durchgreifende Gleichmäßigkeit. Eine Hauptkraft scheint aber die untergeordneten mit sich zu dem zu vereinen, was wir Art und Gattung nennen; und sie waltet regsam bis in das Ewige fort; sie ist der Faden, welcher unzerrissen und unvernichtbar das herrliche Gewebe der Dinge durchzieht. Sie erscheint im Pflanzenkeim, verbindet sich da nach ihrem Gesetz mit andern Stoffen, bildet so nach ihrem Gesetz die Palme und den Ölbaum, den Grashalm und das Moos, und läßt so dasjenige erscheinen, was wir bei den Naturkörpern, bei Steinen, Pflanzen und Tieren die Gattung und Art nennen. Die untergeordneten Kräfte trennen sich hinwieder nach ihrem eigentümlichen Gesetz von der Hauptkraft, durch die sie eine Zeitlang mit ihr verbunden waren; dann tritt der Tod ein. Aber, wenn die Kräfte in andere Keime übergegangen sind, fangen sie in Diesen ihr Lebensziel von neuem an. So setzt es sich bis ins Ewige fort. Darum sagen wir, die Geschlechter und Gattungen dauern, nur die Einzelwesen vergehen. Auch das menschliche Geschlecht gehört hierher. Auch hier waltet eine Grund und Stammkraft für die ewige Bildung und Fortsetzung des Geschlechts, wie bei der Pflanze, wie beim Tier ob. Aber gleichwie die Pflanze durch ihre innewohnende Lebenskraft höher steht als der Stein und das Tier durch die ihm innewohnende, empfindende, wahrnehmende Seele höher steht als die Pflanze: so steht der Mensch durch seinen sich bewußten, weltdurchblickenden Geist höher als die gesamte Tierwelt. Der Menschengeist ist eine der Urkräfte des Weltalls, aber unendlich verschieden von allen, die sich mit ihm vereinen, um seine Werkzeuge zu werden, das heißt, seinen Körper zu bilden. Er erkennt sich in seiner Verschiedenheit von ihnen. Er hat das Gefühl seiner Persönlichkeit. Wenn die Einzelwesen der Körperwelt verschwinden, wenn der Stein verwittert, die Pflanze verwelkt, das Tier stirbt, so treten die Kräfte, welche das Erscheinen des einzelnen Dinges bewirkten, ohne Zweifel in den unermeßlichen Behälter des Weltganzen zurück, aus dem sie hervorgingen, und werden in neuen Verbindungen wirksam. Das ist das innere Leben der Welt. Es bleibt ewig dasselbe. Es ist darin kein Edlerwerden, kein Fortschreiten zur Vollendung. Stein, Tier und Pflanze werden, wie man sie vor Jahrtausenden gesehen hat, heute noch gesehen. Anders ist es mit dem Geist des Menschen.«

»Warum anders?« unterbrach ich Alamontades Rede. »Wenn die geistigen Einzelwesen nach dem Tode des Leibes nun ebenfalls zur allgemeinen Kraft zurückflössen, aus der sie hervorgingen, und sich darin auflösten: so würden auch hier die geistigen Einzelwesen verschwinden, während das Geschlecht, die Gattung, die allgemein verbreitete Denkkraft bliebe.«

»Und wenn dem so wäre,« erwiderte Alamontade sanft lächelnd, »sollte ich mich darüber beklagen? Diese allgemein verbreitete, weltdurchblickende, sich bewußte Kraft voll heiligen Willens, welche das Weltall belebt und bewegt, wie der Geist des Menschen den Leib, der ihn umhüllt, – das ist die Gottheit. Ich gehe zum Vater zurück, zum Urquell der Geister. Wenn aber die Kraft in uns, die wir Geist nennen, so wenig vernichtbar ist, als Gott selbst: so kann auch ihr Bewußtsein, ihr heiliges Wollen nicht aufhören, wodurch sie sich eben von allen andern Kräften der Natur unterscheidet und über alle erhebt, wodurch sie eben das ist, was sie ist. Aber wer erfaßt einen Maßstab für die Unendlichkeit der Wesen? Wer überschaut die Verkettung der göttlichen Mächte und Kräfte im unbegrenzten Weltall? Wer zählet die Stufen des Throns göttlicher Majestät? Ach, mein Herr, unser Geist schwebt unendlich hoch über Millionen anderer Wesen; aber bis zu Gott sind neue Millionen über uns, und wir stehen wohl tief! Was wir sind, das wissen wir: sich bewußte, denkende, Welt und Gott erkennende Kräfte, voll heilgen Willens, voll unendlicher Sehnsucht des Ewigseins, und mit dem lebendigen Gefühle der persönlichen, in sich abgeschlossenen Selbständigkeit ... Was wir sein können, das ahnen wir. Alle Kräfte der Natur bleiben sich gleich; nicht also die Geister. Diese schreiten fort von Einsicht zu Einsicht, vom Edlern zum Edlern, vom Vollkommeneren zum Vollkommeneren und verwandeln den Erdball unter unseren Füßen. Die Menschheit des heutigen Tages ist durch das Erbe der Vorwelt eine vollkommenere, als die Menschheit der Urzeiten. Das lehrt die Geschichte. Darin sind die Geister von allen übrigen Naturkräften verschieden ... Was wir einst sein werden, darüber schweigt selbst die Ahnung. Gott ist groß, Heiligkeit und Liebe sein Walten, Wunder und Herrlichkeit sein Reich, Ewigkeit sein Leben. Und wir sind in Gott, wir seine Kinder, unvergänglich gleich ihm. Was bedarf es mehr zu unserm Troste?«

»Ja, ich bin!« sagte Alamontade, und seine Blicke wandten sich mit dem Ausdruck stiller Seligkeit himmelwärts. »Ich bin! Das ist mir genug. Ich bin! Dies kleine Wort umfaßt die Ewigkeit. denn was ist, das ist, und alles was Wesenheit hat, ist ewig wie Gott.«

7.

Hier schwieg der Abbé.

»Ach!« rief der sanfte Roderich mit bewegtem Herzen. »Ist's auch möglich? ... Ein Sklave, ein Galeerensklave! Wie konnte in ihm so viel Weisheit gefunden werden, oder vielmehr, wie konnte ein Mann von solchen Einsichten, von so erhabenen Grundsätzen sich so weit verirren, daß er für die Lebenszeit auf die Bank der gröbsten Verbrecher geschmiedet ward? Es ist unbegreiflich!«

»Morgen sollet ihr auch dies erfahren,« sagte Dillon, »wie eine sonderbare Verkettung von Umständen den guten Alamontade so tief stürzen konnte. Seht, Ihr Lieben, ich ehre sein Andenken, wie das Andenken eines Heiligen. Er hat ein Tagebuch seines unglücklichen Lebens geschrieben; aus diesem, sowie aus dem, was er mir mündlich darüber offenbarte, setzte ich nachher seine Geschichte zusammen. Er hinterließ mir dies Tagebuch und seine kleinen, meistens auf dem Schiffe oder an den heißen Gestaden Afrikas geschriebenen Aufsätze als Vermächtnis. Ich war aber damit noch nicht zufrieden. Ich wollte der Erbe seiner Kette werden. Ich erhielt sie. Ein geschickter Meister malte mir auch sein Bildnis.«

»Sein Bildnis?« rief Roderich. »Und dies haben Sie uns noch nie gezeigt? Wahrlich, er ist einer der edelsten Menschen! Ich beschwöre Sie, lieber Abbé, zeigen Sie mir sein Bild!«

Dillon stand auf. Wir nahmen die Kerzen, und folgten unserem Freunde durch einige Zimmer in die Bibliothek, welche zugleich sein Arbeitszimmer war. Er trat vor einen Glasschrank, und öffnete die Thür. Da hing Alamontades Bild, und um dasselbe herum eine schwere eiserne Kette.

»Diese Kette,« sagte Dillon, »dient meinem Heiligen statt des Strahlenkranzes.«

»Ists möglich!« rief Roderich mit feuchtem Blick und sanftbebender Stimme. »Ist's möglich, daß solch ein Mann die unglückselige Fessel tragen mußte? Welch ein Adel, welch eine wunderbare Gemütsstille in diesen angenehmen Zügen!«

Roderich hatte recht. Hier war nicht das heimlichdüstere, in sich zurückgezogene Wesen, nicht das Rohe, Freche, welches die Gesichter gemeiner Verbrecher auszudrücken pflegen. Es war das Antlitz eines Dulders, voll unaussprechlicher Hoheit und Kraft. Aus den kränklichblassen Mienen, aus den matten Zügen um die geschlossenen Lippen, aus der gelinden Senkung des Hauptes gegen die Achsel, aus der Stirn voller Falten, um welche ein dünnes, unter schwerem Kummer allzu früh ergrautes Haar sich zog, erkannte man den namenlosen tiefen Gram und die tausend mannigfachen Leiden, welche Diesen edeln Mann in einer schauerlichen Reihe von Jahren allmählich töten mußten. Aber der feste und doch so gutmütige Blick der Augen verkündete wieder ein Gemüt, worin Stille wohnte, während es draußen stürmte; einen Geist, der kraftvoll durch frohes Bewußtsein zu den Schmerzen seines Körpers lächeln und seinen Peinigern verzeihen konnte.

Wir standen lange vor dem anziehenden Gemälde. Uns ward, als schwebe des Dulders Geist um uns.

Nach einer Weile führte uns Dillon wieder in das vorige Zimmer zurück. Wir setzten uns wieder, wie vorher. Da nahm der Abbé die Papiere und las:

Je länger ich mich mit Alamontade unterhielt, desto ehrwürdiger erschien er mir. Er war mein Lehrer, ich sein Schüler geworden. Ich, vom Kapitän Delaubin gesagt, ihn zur Religion zurückzuführen, hatte an ihm meinen Bekehrer gefunden. Ich fühlte meine Vernunft in sich selbst wieder befriedigt, und meine Zweifel mit einander ausgesöhnt. Ich sah ein, daß ich bisher nicht gedacht, sondern geträumt; daß ich Gegenstände, welche nicht in Verbindung mit der Erfahrung und Sinnenwelt stehen, Gegenstände, die nur von den Blicken der Vernunft berührt sein wollen, in ein Phantasiebild hatte bringen wollen; daß all mein Unglaube nur daher entsprungen, daß ich mir durch die Einbildungskraft vom Wesen der Gottheit oder von der Natur und Möglichkeit des Ewigseins eine anschauliche, gleichsam bildliche Vorstellung hatte schaffen wollen, wie man von sinnlichen Dingen zu haben pflegt. Ich sah ein, daß das Kind, welches sich Gott als einen mächtigen Greis, der Wilde, welcher sich ihn als ein verzehrendes Feuer denkt, daß alle sich kindlich-verwegen täuschen.

»O Mensch,« rief ich tiefbewegt, »wie war es möglich, daß Dich die Menschen aus ihren Reihen verbannten? Wie konntest Du mit diesem erhabenen Sinn zum Verbrecher werden? Seit wann schmiedet man den Tugendhaften an die harte Ruderbank? Warst Du vielleicht ein so grober Sünder, daß die bürgerliche Gesellschaft von Dir zu fürchten hatte? Es ist nicht möglich, Alamontade! Du bist unschuldig zur gräßlichsten der Strafen verdammt worden. Rede doch! Ich übernehme Deine Rechtfertigung. Du sollst, Du mußt noch einmal geehrt ins Leben zurücktreten! Schande darf nicht über Dein Grab gehen!«

Er war sehr erschüttert. Er zog mich mit Inbrunst an sich, und sein Blick schmolz in Thränen. »O,« rief er, »nun noch einmal einen Menschen, einen Bruder an diesem längstverwaisten, armen Herzen! Ach, es hat in den dreiundzwanzig Jahren seiner Einsamkeit die Liebe noch nicht verlernt; es fühlt noch einmal wieder seine alte Seligkeit, bevor es bricht!« Mehr konnte er in seiner Wehmut nicht sprechen. Er schwieg und seufzte still weinend.

In dieser schönen Stunde war's, daß Alamontades Herz sich freier gegen mich aufschloß. Er gab mir in zerrissenen Blättern sein Tagebuch. Er machte mich auf mein dringendes Bitten mit vielen Umständen seines Lebens genauer bekannt. Ich darfs nun wohl nicht erst sagen: Alamontade war unschuldig! Ich wollte auf der Stelle an seiner Rechtfertigung arbeiten. Ich wollte, daß ihm die Gerechtigkeit öffentliche Genugthuung leiste, ihm die geraubte Ehre zurückgebe. Er schüttelte den Kopf und bat mich, so lange er lebe, keinen Schritt dafür zu thun. Er sei nicht lüstern nach der Achtung einer Welt, die ihn so lange, so unbarmherzig verstieß, und zöge es vor, die letzten seiner Tage unzerstreut und ungestört sich selber zu gehören.

Ich wirkte für ihn bei den Behörden sogleich ein besseres Zimmer, größere Bequemlichkeit aus. Mit Freuden hätte ich mein Hab' und Gut hingegeben, ihm damit nach so viel ausgestandenen Leiden einen fröhlichen Augenblick zu erkaufen. Ach, daß ich ihn erst so spät kennen lernte!

Auf mein wiederholtes Begehren, mir alle, auch die geheimsten seiner Wünsche zu entdecken, sagte er endlich: »Wohlan, schreiben Sie doch nach Nismes oder Montpellier, um zu erfahren, wohin Klementine gekommen. Ob sie noch am Leben sei? Ob sie sich verheiratet habe? Ob sie glücklich war?«

Ich kannte diese Klementine aus seinen Papieren und seinen mündlichen Erzählungen. »Und wie, Alamontade?« sagte ich. »Wenn nun Klementine noch am Leben wäre? Nicht wahr, Du würdest wünschen, sie noch einmal zu sehen?«

Er lächelte bei dieser Frage still vor sich nieder. »Ach, sie war der Engel, der meine Jugend zauberhaft verschönerte und mich weinend bis an die Schwelle des verlornen Paradieses führte! Nein, bemühen Sie sich nicht, mein lieber Herr! Sie wird Alamontades nicht mehr gedenken, wenn sie lebt, und noch weniger wird sie sich überwinden können, zum Sterbelager des Galeerensklaven eine Reise zu machen.«

Ich schrieb. Ich bot die Hilfe aller meiner Freunde, aller meiner Bekannten auf, Klementinen zu entdecken, und sie zu bewegen, ohne Versäumen nach Toulon zu eilen, wo ihr wichtige Entdeckungen bevorständen. Wirklich gelang es einem meinem Freunde, ihren

Aufenthalt zu erfahren. Es war bei Montpellier, wohin sie seit einigen Jahren aus Paris zurückgekehrt war. Sie hatte kaum von Alamontade erfahren, so entschloß sie sich, die Reise nach Toulon zu machen, ungeachtet sie an einer schweren Krankheit daniederlag.

Doch, Ihr Lieben, fuhr Dillon fort, wir vergessen. daß die Mitternacht vorüber ist, daß wir der Ruhe bedürfen! Morgen, wenn Ihr wollt, erzähle ich Euch die Geschichte unseres gemeinsamen Freundes! Sie ist belehrend. Ein so grausames Schicksal konnte nur ein Mann wie Alamontade tragen, ohne darunter zu erliegen. Mit seinem Blick auf Gott, erhaben über seinen eigenen Schmerz, ging er heldenmütig durch ein schauerliches Leben, von welchem jede Stunde schreckhafter als der Tod war.

Bei diesen Worten erhob sich Dillon. Wir folgten seiner Einladung. Wir umarmten ihn mit innigem Danke. »Was Sie, lieber Abbé, dem ehrwürdigen Sklaven sagten, als Sie ihm für Ihre Bekehrung dankten, das haben Sie zu sich selbst in unserem Namen gesprochen!« rief ich. »Welch ein majestätisches Wesen, dieser Alamontade in seinen Ketten! Welch ein mächtiger, seltener Geist! Seine Worte tönen wie Göttersprüche, und machen den Menschen göttlicher. Ich will mir seine Reden abschreiben. Nur Bruchstücke sind sie, aber in sich ein Vollendetes. Man muß sie öfters lesen, öfters hören, um in das schöne Heiligtum ihres Sinnes einzudringen!«

So schieden wir begeistert von einander. Die Morgenröte fand uns früher als wir den Schlummer.

Zweites Buch.

1.

Als wir im Gartenzimmer beisammen waren, nahm der Abbé ein Heft hervor. »Hier,« sagte er, »ist Alamontades Erzählung, wie ich sie mit möglichster Sorgfalt zusammengetragen! Ich gab zu allem nur die vereinende Schnur; Alamontades Gedanken und Worte sind es, die ich darauf aneinander gereiht habe. Manches werdet Ihr darin sehr kurz, manches wieder umständlicher entwickelt finden, je nachdem den Erzähler Gegenstände seiner Vergangenheit mehr oder weniger berührten, oder meine Fragen dazu leiteten.«

Dillon, beschattet vom spielenden Weinlaub am Fenster, las. Nie vergesse ich diese schöne Stunde.

Ein kleines Dorf in Languedoc war meine Heimat und der Ort meiner Geburt, erzählte Alamontade. Ich verlor meine Mutter sehr früh. Mein Vater, ein armer Bauer, konnte, seiner Sparsamkeit ungeachtet, wenig auf meine Erziehung verwenden. Doch war er bei weitem nicht der Ärmste im Dorfe. Aber außer dem Zehnten von seinen Weinbergen, Ölbäumen und Äckern mußte er vom Übrigen seines mühseligen Gewinns den vierten Teil an Steuern und Abgaben hingeben. Unsere alltägliche Nahrung war Suppe mit schwarzem Brot und Rüben.

Mein Vater versank in Not. Dies kränkte ihn sehr. »O Colas,« sagte er mehr als einmal zu mir in schmerzlichem Ton, indem er die Hand auf mein Haupt legte, »meine Hoffnung geht zugrunde! Ich werde im Schweiße meines Angesichts dennoch keinen schuldenfreien Sarg gewinnen. Wie will ich nun das Wort halten, welches ich mit dem letzten Kuß Deiner Mutter auf ihrem Totenbette gab? Ich versprach ihr heilig, Dich zur Schule anzuhalten und aus Dir einen Geistlichen zu machen. Du wirst ein Tagelöhner werden und Fremden dienen.«

Dann tröstete ich wohl den guten, alten Mann, so gut ich's konnte. Aber mein kindlicher Trost beugte ihn nur tiefer. Er ward kränklicher und ahnte die Annäherung seiner letzten Tage. Oft sah er mich gerührt an, mit Besorgnis um meine Zukunft; und die bittere Thräne der Hoffnungslosigkeit netzte seine Augen. Ich verließ, wenn ich's sah, mein Spiel. Ich sprang zu ihm hinan, denn ich konnt' es nicht ertragen, ihn weinen zu sehen. Ich umklammerte seinen Hals, küßte ihm die Thränen von den Wimpern und rief schluchzend: O! mein Vater, weine doch nicht!

Ich war achtzehn Jahre alt, da starb mein Vater. Es war ein heiterer Abend, die Sonne nahe dem Untergange. Mein Vater saß vor der Hütte im Schatten eines Kastanienbaumes. Er wollte noch einmal den Anblick einer Welt genießen, die ihm trotz aller Leiden lieb geworden war. Ich kam vom Felde. Er war sehr matt. Ich ging zu ihm. Er schloß mich in seine Arme. O mein Sohn! sagte er, jetzt ist mir wohl. Mein Feierabend kommt, ich gehe zur Ruhe. Doch werde ich Dich nicht vergessen. Ich werde mit Deiner Mutter vor Gott stehen; wir wollen über den Sternen für Dich beten. Denk an uns und sei der Tugend treu bis in den Tod! wir wollen für Dich beten. Gott sorget für Dich. Und weine nicht! Denn hast Du einst Dein Tagewerk beendet, so wird auch Deine Feierstunde schlagen. Dann findest Du uns, mich und Deine Mutter droben wieder. Ach! Colas, wie sehnsuchtsvoll wollen wir Dich dort erwarten und wie wohl wird uns sein, wenn die drei seligen Herzen der Eltern und des Kindes vor Gottes Thron aneinander schlagen!

Der letzte Sonnenstrahl erblich an den Gebirgsgipfeln; die Erde versank in Dämmerungsschein. Der Geist meines Vaters war von der gebrechlichen Hülle des Körpers frei. Die teuern Überreste desselben lagen in meinen Armen.

2.

Der treue Knecht – sein Name ist mir entfallen – welcher mich zu Etienne, meiner Mutter Bruder in Nismes, nach dem letzten Willen meines Vaters bringen sollte, hielt mich an der Hand, als wir durch die dunkeln, engen Straßen der Stadt Nismes gingen. Ich zitterte. Ein unwillkürlicher Schauder faßte meine Seele.

»Du bebst, Colas?« sagte der Knecht. »Du siehst blaß und finster aus. Ist Dir nicht wohl?«

»Ach,« rief ich, »bringe mich nicht hierher in dieses schwarze Gefängnis. Mir ist so bange, als sollte ich hier sterben. Laß mich tagelöhnern in der grünen, freien Heimat! Sieh' doch diese Mauern: sie sehen wie Kerkerwände aus. Und diese Menschen! Sie sind so un-stät, so düster, als wären sie Verbrecher!«

»Dein Oheim, der Müller,« antwortete er, »wohnt nicht innerhalb der Stadt; sein Haus ist vor dem Karmeliterthore, im Freien und Grünen.«

Vor dem Karmeliterthor war das Haus meines Oheims und dane-ben seine Mühle. Der Knecht wies mit der Hand auf das artige Ge-bäude, und sprach: »Herr Etienne ist ein reicher Mann, aber lei-der . . .«

»Was denn leider?«

»Ein Calvinist, wie die Leute sagen.«

Ich verstand ihn nicht. Wir traten in das schöne Gebäude. Meine Angst verging beim Eintritt. Ein stiller, liebreicher Geist sprach mich aus allem an, was ich erblickte, und mir ward wohl wie in der Heimat. In dem saubern Zimmer voll Einfachheit und Ordnung saß die Mutter, mit häuslicher Arbeit beschäftigt, am Tische, umgeben von drei blühenden Töchtern. Ein zweijähriger Knabe saß spielend auf dem Schooße der Mutter. Güte und Ruhe wohnten in jedem Angesicht. Sie schwiegen alle und schlugen die Augen zu mir auf. Mein Oheim stand am Fenster und las in einem Buche. Schon waren seine Locken grau, eine jugendliche Heiterkeit aber glänzte aus seinen Blicken. Seine Mienen waren die der Frömmigkeit.

Der Knecht sprach zu ihm: »Dieser ist Euer Neffe Colas, Herr Eti-enne! Sein Vater, Euer Schwestermann, ist in Armut gestorben und befahl mir, Euch seinen Sohn zu bringen, daß Ihr sein Vater sein möget.«

»Sei mir willkommen und gesegnet, Colas!« sagte Herr Etienne, indem er seine Hand auf mein Haupt legte. »Ich will Dein Vater sein!«

Dann stand die Frau auf, reichte mir die Hand und sprach: »Ich will Deine Mutter sein!«

Diese Güte bewegte mein Herz Ich weinte und küßte die Hand des neuen Vaters und der neuen Mutter, ohne ein Wort sprechen zu können. Da umringten mich die drei Töchter und sagten: »Weine nicht, Colas, wir sind Deine Schwestern.«

Von dieser Stunde an war ich wie eingewohnt in der neuen Heimat, als wär' ich nie Fremdling drin gewesen. Ich glaubte in einer Familie stiller Engel zu wohnen, von denen mir oft mein Vater erzählt hatte. Ich ward so fromm wie sie alle, doch nie der Frömmste.

Ich wurde zur Schule angehalten. Nach einem halben Jahr trat Herr Etienne zu mir und sagte mit freundlichem Blick: Colas, Du bist arm, aber Gott hat Dich mit schönen Anlagen gesegnet! Deine Lehrer rühmen mir Deinen Fleiß und sagen, daß Du Deine Mitschüler alle an Kenntnissen wunderbar übertriffst. Darum habe ich beschlossen, Du sollst den Wissenschaften obliegen, und ein Gelehrter werden. Hast Du in Nismes Deine Lehrjahre vollbracht, so sende ich Dich auf die hohe Schule zu Montpellier. Du sollst die Rechte studieren, dann kannst Du ein Verteidiger unserer unterdrückten Kirche werden. Ich sehe in Dir ein Werkzeug Gottes zu unserer Rettung, und zur Beschirmung des evangelischen Glaubens gegen die Grausamkeit und Gewalt der Papisten.

Herr Etienne war ein heimlicher Protestant, wie mit ihm einige Tausend in Nismes und in den umliegenden Gegenden. Er weihte mich in seinen Glauben ein. Die Protestanten waren arbeitsame, ruhige, wohltätige Bürger, aber der Groll des Volkes und die Wut der Mönche verfolgten die Unglücklichen bis in das Innerste ihrer Wohnungen. Sie lebten in ewiger Furcht, doch diese unterhielt das Feuer der Frömmigkeit um so reger in aller Herzen. Gezwungen und zum Schein besuchten wir die Kirchen der Katholiken, feierten ihre Festtage und hatten die Bilder ihrer Heiligen in unsern Zimmern. Allein weder diese Nachgiebigkeit, noch die werktätige Frömmigkeit der Verfolgten söhnte den Haß ihrer Verfolger aus.

Schwebend zwischen zweierlei Kirchen, deren eine ich öffentlich, die andere heimlich bekennen mußte, alltäglicher Zeuge des herben Gezänks beider Parteien, und davon, wie Stolz und Haß und Eigennutz mehr als Einsicht und Frömmigkeit unter den Fahnen der kriegenden Kirchen standen, ward ich, ohne es zu wissen, Heuchler und Zweifler an beiden. Die Gründe, mit welchen jede die streitigen Glaubenslehren der anderen angriff, waren durchdachter, feiner und wirksamer, als diejenigen, mit welchen man den angefochtenen Wert verteidigte. Dies erweckte in mir einen Argwohn gegen alle Glaubenssätze, nur die nie angefochtenen behielten mir bleibenden

Wert. Doch verbarg ich mein Inneres allen, um nicht allen ein Greuel zu sein.

So vereinsamte mein Geist früh. In geschäftslosen Stunden war Gott und seine Schöpfung der Gegenstand meiner Betrachtung. Der Wahnsinn der Menschen, mit welchem sie sich um der wechselnden Meinungen willen verfolgten, oder wegen eines Titels ihrer Fürsten bekriegten, war mir schauerlich. Im Alter der blühenden Einbildungskraft konnte ich nicht umhin, mir eine schönere Welt zu schaffen, in welcher Tugend, Recht und Wahrheit sich umarmten, und die Sinnlichkeit ihre lieblichsten Gefühle hinüberpflanzte.

3.

Die Ruinen des ungeheuren Amphitheaters zu Nismes, des alten prächtigen Denkmals der Römergröße, waren mein Lieblingsaufenthalt. Hier weilte ich gern, aber nie ohne Wehmut.

Das Hilfeschrei eines weiblichen Geschöpfes hier unter den Schwibbogen schreckte mich eines Abends aus meinen Träumen auf. Es dämmerte bereits in den Hallen. Ich eilte aus dem zweiten Geschoß die Stufen hinunter, und erblickte ein wohlgekleidetes Frauenzimmer in der Gewalt eines gemeinen Kerls. Der Schall meiner Fußtritte verscheuchte den Verbrecher. Er verschwand zwischen den Säulen. Ein junges Mädchen mit zerzaustem Haar saß bebend und außer sich auf einem Marmorblock.

»Ist Ihnen ein Leid angethan?« fragte ich.

Sie betastete ihren Kopf. »Es war ein Räuber, mein Herr; er hat mir den Haarschmuck entrissen, einige Steinnadeln von Wert; mehr nicht! Ich bitte Sie, nehmen Sie sich meiner an! Ich bin fremd hier. Neugier entfernte mich von Mutter und Schwester. Sie erwarten mich draußen. Der Mensch sollte mich aus diesen weiten Irrgärten zurückführen, und er führte mich in diese entlegene Gegend.«

Ich bot ihr meinen Arm. Wir traten ans Licht. O Klementine! . . .

Sie war eine Blüte von sechzehn Jahren, zart und schön aufgewachsen. Sie schwebte neben mir wie ein Luftbild. Das Liebliche, Frische, Geistige ihres Angesichts war engelhaft, und ihr Blick voller Unschuld und Liebe drang in das Innerste meiner Seele.

Ich versank in eine angenehme Verwirrung. Nie hatte ich solch ein Gefühl von Bewunderung und Zutrauen, von unaussprechlicher Neigung und Ehrfurcht empfunden. Obgleich einundzwanzig Jahre alt, kannte ich die Liebe nur aus den Gemälden alter Dichter, und nannte sie eine des Mannes unwürdige leidenschaftliche Freundschaft. Ach, sie ist wohl etwas anderes. Liebe ist die Poesie der menschlichen Natur. Das Gefühl der Schönheit veredelt die rohe Sinnlichkeit und erhebt sie zum Berühren des Geistigen; und der tugendhafteste, selbständige Geist vermählt sich unter dem Zauberhauch der Anmut dem Irdischen. So ists wahr, daß die Liebe den Staub vergöttlicht und das Himmlische auf die Erde herableitet.

»Sie sind fremd?« stammelte ich.

»Freilich,« antwortete sie, »aber es ist vergebens, daß wir Mutter und Schwester suchen! Wissen Sie das Haus des Herrn Albertas? Dort wohnen wir.«

Ich führte sie dahin. Wir kamen zum Hause. Man öffnete freudig die Pforte. Die ganze Familie drängte sich herbei, die geliebte Verlorne zu bewillkommnen, welche durch ausgeschickte Diener noch jetzt gesucht ward. Da vernahm ich unter den tausend Liebkosungen den Namen Klementine. Sie dankte mir mit wenigen Worten unter Erröten; desgleichen thaten alle. Ich aber konnte nichts erwidern. Man fragte nach meinem Namen; ich nannte ihn, verbeugte mich und verließ die Gesellschaft.

4.

Oft war ich im Amphitheater, oft führte mich der Weg durch die Straße von Albertas' Hause. Ich sah sie nicht wieder. Ihr Bild schwebte vor mir, ich irrte umher in meinen Träumen. Ich verlor alle Hoffnung, die schöne Erscheinung je wieder zu sehen, aber nicht meine Sehnsucht.

Die Zeit erschien, daß ich auf die hohe Schule nach Montpellier gesandt werden sollte. Herr Etienne wiederholte mir seine Wünsche, und beschwor mich, seine Erwartungen nicht zu täuschen. Im Übermaß seines Vertrauens zu meinen jungen Kräften, sah er in mir den künftigen Schutzengel der protestantischen Kirche Frankreichs. Er segnete mich. Die ganze Familie stand beim Abschiede weinend um mich her. Ich versprach, in allen Ferien nach Nismes zu kommen, und ging, vom Schmerz überwältigt, fort.

Von Nismes bis Montpellier sind acht volle Stunden. Ich wandelte im Schatten der Maulbeerbäume zwischen goldenen Saaten und lachenden Weinbergen die Hügelkette entlang, über welche sich die grauen Sevennen erheben. Aber die Luft glühte und der Boden brannte unter mir. Nach drei Stunden sank ich am Ufer der Vidourle, im Statten eines reinlichen Landhauses und seiner Kastanienbäume, ermüdet nieder.

Ich sann über meine Vergangenheit und meine Zukunft. Ich berechnete, wie lange ich gelebt hatte, und welch ein Zeitraum mir noch, dem gewöhnlichen Maße nach, zu leben übrig bliebe. Ich fand noch vierzig Jahre, und schauderte zum erstenmale vor der Kürze unserer Tage. Die Eiche bedarf zu ihrer Entwicklung eines Jahrhunderts, und steht in ihrer Kraft noch ein zweites. Und des Menschen Sein so flüchtig! Und warum? Wohin soll er mit der Menge seiner Anlagen? Nicht ein langes, aber ein reiches Leben ist dem Sterblichen von der Natur verliehen. Der Gedanke beruhigte mich. Nun denn, dachte ich, vier Jahrzehnte, und dann stehst du, Vollendeter, wo dein Vater steht.

Allmählich entschlummerte ich so über diesen Gedanken. Im Traume war ich Greis, mein Gebein schwerer, mein Haar ergraut. Die tausend feinen Öffnungen des äußern Körpers, durch welche er unmerklich Lebenskraft einsaugt und sich von den Elementen nährt, waren schadhaft geworden. Mit dem verschwindenden Zufluß des Lebensstoffes erlahmte die Kraft der Muskeln, und erhärteten und verschlossen sich die zarten Teile allgemach, welche wir seine Werkzeuge heißen. Ich hörte nicht mehr, und bald erlosch auch mein Auge. Indem also die Sinne abstarben, mit welchen der Geist im Irdischen wurzelt, wurden die Gefühle schwächer, alle Vorstellungen matter, und alles, was durch die sonst so geschäftigen Sinne dem Geist zugeführt war, verlor sich. Ich hatte meinen Körper nicht mehr in vollkommener Gewalt, und vergaß die Namen der Dinge und ihren Gebrauch. Menschen fütterten mich und kleideten mich an und aus, und thaten mit mir, wie man mit Kindern thut. Ich konnte noch sprechen, aber die Worte waren mir oft entfallen und ich führte zuweilen Reden. die niemand verstand.

Doch dachte ich, und fühlte, wenn gleich ohne allen Harm, daß ich der Erde nicht mehr angehöre. Bald aber dachte ich auch nicht mehr in Worten; sondern mein Sein war nur ein starres, stilles, sich gleichbleibendes Gefühl. Dies Sein, ewig Einerlei, mit gänzlicher Abwesenheit von etwas Äußerem, war ohne Wohl und ohne Weh; es war in ihm kein Wechsel des Gedankens, daher keine Folgen und keine Zeit mehr. Genug, ich war schon längst gestorben, mein Leichnam schon längst begraben und seit Jahrhunderten verweset. Nur auf Erden, wo wir die Veränderungen der Dinge zählen, sind Jahrhunderte, und das Gefolge der Ereignisse verursacht in uns die Vorstellung von Zeiten. Abgeschieden von allem Wechsel, ist im Sein keine Zeit vorhanden.

Eine angenehme dunkle Empfindung machte sich nun in mir geltend. Mein bisher vereinsamter Geist ward mit neuen Werkzeugen verbunden, um im Weltall auf's Weltall wirksam zu sein. Ich empfand immer deutlicher, und hörte ein mildes Säuseln, und fühlte eine liebliche Frische mich umströmen Vor mir schwammen goldene, blendende Strahlen und Silbergewölke gaukelten dahin. Ich senkte den verwunderten Blick in das leuchtende, durchsichtige Grün mich umschwebender Zweige, die wie gefärbte Luft im krystallklaren Äther flossen. Und zwischen den Zweigen und Wolken schimmerte Klementine bewegungslos, mit einem Kranze von jungen Blumen ums dunkle Haar, in namenloser Schönheit vor mir.

Sie lächelte mich an. So lächelt nur die Liebe in ihrer Unschuld. Sie nahm den Kranz aus den Locken, und schwang ihn mit der zarten Hand und der Kranz sank auf meine Brust. O du himmlischer Traum, verlaß mich nicht! dachte ich und starrte mit namenlosem Entzücken die schöne Gestalt an. Indem rollte es, wie ein Wagen, herbei. Klementinens Antlitz verfinsterte sich. Man rief ihren Namen. »Leben Sie wohl, Alamontade!« sagte sie und verschwand unter den bebenden Zweigen. In demselben Augenblick wollte ich zu ihren Füßen sinken. Aber ich lag auf dem Erdboden. Ich träumte nicht, denn ich erkannte die Vidourle und das von hohen Kastanien umschattete Landhaus.

Ich richtete mich auf. Ein Wagen donnerte über die Brücke. Ich eilte dahin. Ein alter Diener kam mir entgegen, und fragte, ob ich Erfrischung verlange? Ich bezeugte ihm meine Verwunderung.

»Sind Sie nicht Herr Alamontade?« sagte er. Ich bejahte es. »Nun, Fräulein de Sonnes und ihre Frau Mutter haben mir den Befehl hinterlassen!« erwiderte er. Ich ging zurück, nahm Klementinens Kranz vom Boden auf und folgte dem Diener. Klementine war das Fräulein de Sonnes.

Dieser Tag war einer der unvergeßlich schönen meines Lebens.

5.

Ein Dachstübchen im Hinterhause eines der reichsten und glücklichsten Bewohner von Montpellier, des Herrn Bertollon, ward meine Wohnung. Einige Dächer, schwarze Mauern, und zwei Fenster nebst Balkon eines gegenüber stehenden Hauses waren meine dürftige Aussicht. Dennoch war ich glücklich. Umringt von meinen Büchern lebte ich nur den Wissenschaften; Klementinens Kranz hing über meinem Schreibtische. Des Frühlings Blüten-Millionen verloren ihren Glanz neben dem Zauber dieser verwelkten Blumen, und die Juwelen der Könige wogen mir nicht den Wert des leichtesten Citronenblättchens auf.

Klementine war meine Heilige. Ich liebte sie mit einer frommen Ehrfurcht, wie man überirdische Wesen lieben kann. Der hängende Kranz war ein Kleinod, das mir der Engel vom Himmel herab zugeworfen hatte. Ich sah sie im Glanze der Verklärung durch meine Träume schweben. Ihr Name tönte im meinen Liedern. Ich erwartete mit Beben und Sehnsucht die Ferien der hohen Schule, um meinen Oheim Etienne und Nismes, und vielleicht durch irgend einen glücklichen Zufall die geliebte Heilige wieder zu sehen.

Eines Tages öffnete sich die Thür meines einsamen Gemachs. Ein junger, schöner Mann trat herein, das Zimmer zu besichtigen. Es war Herr Bertollon. »Sie haben hier eine traurige Aussicht!« sagte er, und trat ans Fenster. »Doch drüben noch ein Stückchen vom Hause de Sonnes, einem der geschmackvollsten in der Stadt!« setzte er lächelnd hinzu.

Der Name de Sonnes erschütterte mich. Herr Bertollon blieb nachdenkend am Fenster stehen, und schien traurig zu werden. Ich knüpfte ein Gespräch an. Er fragte mich um meine Herkunft, um meine Kenntnisse. »Wie?« sagte er, »Sie spielen die Harfe? Und Sie lieben sie leidenschaftlich, ohne das Instrument zu besitzen?«

»Ich bin zu arm, mein Herr, mir selbst eins zu kaufen. Mein weniges Geld reicht kaum für die notwendigsten Bücher hin.«

»Meine Frau hat zwei Harfen. Sie kann eine schon entbehren!« gab er zur Antwort und verließ mich.

Binnen einer Stunde kam die Harfe. Wie glücklich war ich! Nun dacht' ich an Klementinen und schlug die Saiten. Empfindungen sind sprachlos; für den Gedanken sind die bezeichnenden Worte erfunden; für das Gefühl des Herzens die lieblich klingenden Töne.

Am folgenden Morgen kam der liebenswürdige Bertollon. Ich dankte ihm gerührt. Er fordete mich zum Spielen auf. Ich spielte und dachte an Klementinen. Er lehnte mit der Stirn ans Fenster und starrte trübe hinaus über die Dächer. Meine Seele versank im Gewühl der Harmonieen. Ich bemerkte nicht, daß er sich umwandte und horchend neben mir stand.

»Sie sind ein lieber Zauberer!« rief er, und umarmte mich mit Heftigkeit. »Wir beide müssen Freunde werden!«

Ich war schon der seinige; wir wurden's noch mehr in Zeit von einigen Wochen. Ich mußte ihn bei schönem Wetter auf allen kleinen Lustfahrten begleiten. Er verknüpfte mich mit einer unzähligen Bekanntschaft. Jeder behandelte mich mit Achtung und Auszeichnung. Er war Besitzer einer ansehnlichen Bibliothek, einer reichen Naturalien-Sammlung. Er übertrug mir die Aufsicht, und schien nur dies Mittel gewählt zu haben, meiner Armut durch ein ansehnliches Jahrgehalt für die geringen Bemühungen abhelfen zu können, ohne meine Empfindlichkeit zu kränken.

6.

Während ich so den Musen und der Freundschaft meine Stunden weihte, waren die beiden Fenster und der Balkon des Palastes de Sonnes nicht vergessen. Herr Bertollon hatte mir schon mehrmals ein anderes Zimmer, mit kostbaren Möbeln und einer weiten, schönen Aussicht, für mein Dachstübchen angeboten. Aber nicht gegen sein erstes Prunkzimmer, nicht gegen die Aussicht ins Paradies von Languedoc hätte ich das arme Dachstübchen vertauscht.

Der Zufall – denn Erkundigungen einzuziehen verhinderte mich eine seltsame Schüchternheit – der Zufall lehrte mich, daß die Familie de Sonnes in wenigen Wochen von Nismes zurückkommen würde, und daß sie in tiefer Trauer um Klementinens kürzlich verstorbene Schwester sei. Aber die Familie de Sonnes kam nicht zurück, und kein Zufall belehrte mich des Weiteren. Ich aber schwieg und verbarg der Welt mein liebendes Herz.

Die Ferien der hohen Schule erschienen. Ich flog nach Nismes, in der Hoffnung, dort glücklicher zu werden. Als ich beim Landhause an der Vidourle vorüber kam, blieb ich stehen. Alles war verschlossen, ungeachtet die Felder und Hügel von Schnittern und Winzern wimmelten. Da suchte ich die Wunderstelle unter den Kastanien auf, wo Traum und Wirklichkeit einst so zauberhaft zusammenflossen. Ich warf mich unter den herabhängenden Zweigen auf der Stätte nieder, welche Klementinens Fuß durch seine Berührung einst gleichsam geheiligt hatte. Liebe und Wehmut zogen mich nieder. Ich küßte den geweihten Boden, der damals das Teuerste getragen, was die Welt für mich enthielt. Ach, umsonst harrte ich einer Engelserscheinung entgegen. Ich verließ den schönen Ort, als es schon Abend geworden, und über der verdämmernden Ebene nur noch die Felsengipfel der Sevennen goldrot funkelten.

Herr Etienne und die fromme Mutter, und Marie, Antonie und Susanne, die drei Töchter, empfingen mich mit rührender Freude. Ich sank von Herz an Herz, wortlos und selig, und wußte nicht, von wem ich inniger geliebt wurde, und wen ich am meisten liebte. Ich war Sohn und Bruder in dieser Familie; war in meiner Heimat, und die Freude aller.

»Ja, Du bist unser aller Freude!« rief Herr Etienne gerührt, »und die Hoffnung unserer Kirche. Alle Nachrichten von Montpellier haben uns Deinen Fleiß gerühmt, und wie Deine Lehrer Dich stützen. Fahre fort, Colas, fahre fort, Dich zu waffnen, denn unsere Leiden sind groß, und das Trübsal der Gläubigen hat kein Aufhören! Gott ruft Dich. Werde sein auserwähltes Rüstzeug, die Macht des Widersachers der Gläubigen zu brechen, und das in den Staub getretene Evangelium triumphierend aufzurichten!«

Die Besorgnisse meines Oheims waren seit einiger Zeit besonders durch harte Äußerungen der ersten Magistrats-Person der Provinz wider die geheimen Protestanten vermehrt worden. Der Marschall von Montreval wohnte in Nismes, und um so mächtiger und furchtbarer wurde dieser Mann, da er des Königs ungemessenes Vertrauen besaß. Seine Drohungen gegen die Hugenotten gingen von Mund zu Mund; einer raunte sie dem andern zu. Mich aber quälte eine andere Sorge. Vergeblich hatte ich alltäglich die Straße von Albertas' Hause, vergebens das Amphitheater durchirrt. Klementine war nirgends sichtbar. Auf der Straße begegnete mir eines Morgens der alte Diener, welcher mich auf Befehl der Frau de Sonnes im Landhause an der Vidourle bewirtet hatte. Er erkannte mich; er schüttelte mir freundlich die Hand, und erzählte mir nach tausend andern Dingen, Frau de Sonnes und ihre Tochter wären schon seit einigen Monaten nicht mehr in Nismes, sondern in Marseille, um durch die Zerstreuungen dieser großen Handelsstadt ihren Schmerz über den Verlust einer zärtlich geliebten Tochter und Schwester zu beruhigen.

Mit vernichteter Hoffnung, Klementinen, wenn auch nur einen Augenblick und aus der Ferne, zu sehen, ging ich traurig nach Hause. Die freudige Erwartung, welche ich durch die volle Hälfte eines Jahres genährt hatte, war getäuscht. Niederschlagen betrat ich wieder das Haus des Herrn Etienne.

Mit Befremden ward ich hier in allen Gesichtern eine ungewöhnliche Verlegenheit und Unruhe gewahr. Die Mutter trat zu mir, legte ihre Hände auf meine Schultern und küßte mich mit einem Blicke des Mitleids; Marie und Antonie und Susanne nahmen meine Hände freundlich in die ihrigen, als wollten sie mich damit trösten. Ich gab meine Verwunderung über dies alles zu erkennen. »Du hast Recht, Colas,« sagte der Alte, »und es verdrießt mich das Zagen der Weiber. Der Herr Marschall von Montreval hat vor einer Stunde hierher gesandt, und Dir gebieten lassen, morgen um die zehnte Stunde ins Schloß hinauf zu kommen. Da hast Du's. Weiter nichts! Ist Dein Gewissen ruhig, so gehe ohne Furcht zum Marschall, und wäre sein Schloßhof die aufgesperrte Hölle!«

Die Mutter hatte mit zitternden Händen am andern Morgen meinen Anzug geordnet. Ich beruhigte mit allem Troste die lieben Bekümmerten. »Es ist zehn Uhr!« rief Herr Etienne. »Geh' in Gottes Namen! Wir beten für Dich.«

Ich ging. Der Marschall von Montreval war in seinem Zimmer. Nach mehr denn anderthalb Stunden wurde ich durch eine Reihe von Zimmern und Sälen zu ihm geführt. »Ich wollte Sie sehen, Alamontade,« sagte der Marschall, »weil Sie auf der Liste der Universität Montpellier so sehr mit Lob ausgezeichnet sind! Bilden Sie Ihre Talente aus. Sie können ein nützlicher Mann werden, und ich will in Zukunft für Sie sorgen! Meine Aufmunterung wird Sie nicht stolz, sondern fleißiger machen. Ich werde mich ferner nach Ihnen erkundigen. Wenden Sie alles an, die Freundschaft des Herrn Bertollon, Ihres Gönners, sich zu erhalten, und sagen Sie ihm, daß ich Sie habe zu mir rufen lassen!«

Dies war es, was mir der Marschall sagte. Er schien, nach einer kleinen Unterredung mit mir, Wohlgefallen an mir zu haben. Ich empfahl mich seiner Gnade, und eilte, meine in Bangigkeit schwebende Familie zu trösten. Die Freude war groß. Bald mußten es nun alle Nachbarn und die ganze Stadt erfahren, welcher Ehre mich der Marschall gewürdigt.

7.

Herr Bertollon war auf's Land zu seiner Gattin gereist, als ich in Montpellier ankam. Nicht ohne Betrübnis stand ich in meinem Dachstübchen vor dem verwelken Kranze. Ich seufzte Klementinens Namen, und küßte die dürren Blumen, welche einst unter ihren zarten Fingern geblüht hatten. Ich wollte mich der Thränen schämen, die mir getäuschte Hoffnung in's Auge trieb, und doch ward mir durch sie leichter.

Der Kranz und der schmale Teil des prächtigen Hauses de Sonnes sollten nun den Winter hindurch wieder die stummen Zeugen meiner Freuden, meiner Hoffnungen werden. Vielleicht führt der Frühling mit seinen Blüten auch sie nach Montpellier! sagte ich zu mir und sah hinüber nach dem Palast, der sie dann aufnehmen sollte.

Da stand an einem der hohen Fenster drüben eine weibliche Gestalt, in schwarzen Flor gehüllt, den Rücken gegen mich gewandt. Meine Pulse stockten, mein Athem verging, meine Augen verdunkelten sich. Es kann nur Klementine sein! dachte ich, aber ich war, im Fenster liegend, kraftlos zusammengesunken, und hatte weder den Mut, noch die Macht, aufzusehen und Überzeugung zu suchen. Als ich meine Kräfte wieder gesammelt hatte, richtete ich mich empor, und warf zitternd einen Blick hinüber. Ihr Gesicht, vom schwarzen Schleier umweht, war mir zugewandt. Die Lüfte spielten in des Schleiers Falten; er hob sich ich sah Klementinen und zwar in einem Augenblicke, wo ich ihre Aufmerksamkeit erregt zu haben schien. Ich schlug die Augen nieder. Eine nie empfundene Glut brannte in meinen Adern. Ich glaubte, vergehen zu müssen. Und als ich abermals hinübersah, war sie vom Fenster verschwunden, aber nicht vor meinem inneren Blick.

»Sie ist's!« sagte mein Herz, und ich stand auf der Höhe irdischer Seligkeit, einsam, nur Klementinens Bild vor mir.

Es war Klementine. Am Abend strahlten die Fenster erleuchtet; ich sah ihren Schatten daran vorüberschweben. Als es spät ward, nahm ich die Harfe, und bei ihren Tönen besänftigten sich allmälich meine Gefühle.

Am andern Morgen erwachte ich spät. Schlummerlos war mir die Nacht verflogen. Als ich an das Fenster trat, lag Klementine im Morgengewande schon im ihrigen. Ich verneigte mich gegen sie – mein Gruß ward kaum merklich erwidert. Aber sie sah doch wieder freundlich auf. So lange sie da lag, war auch ich an's Fenster gebannt. zuweilen begegneten sich unsere schüchtern vorüberstreifenden Blicke. Meine Seele redete zu ihr, und mir war es, als vernähme ich leise Antworten.

Am Abend nahm ich die Harfe aus dem Winkel und ließ die Saiten rauschen. Ich spielte die Leiden des Grafen Peter von Provence und der geliebten Magelone, damals eine der neuesten und rührendsten Balladen, voll ausdrucksvoller Melodie. Als ich die erste Strophe beendet hatte, und die Hände einen Augenblick ruhten, gaben Harfenklänge laut denselben Gesang in der Stille der Nacht leise zurück. Wer konnte es anders sein, als Klementine, die das Echo meiner Empfindungen werden zu wollen schien? Als sie geendet hatte, hob ich nun wieder an. So wechselten wir gegenseitig. Musik ist die Sprache der Seele. Welch' eine unnennbare Wonne für mein Herz: Klementine würdigte mich des Gesprächs!

Ach tausend namenlose Kleinigkeiten, die nur ihren unermeßlichen Wert durch den Sinn empfangen, in welchem sie gegeben und angenommen werden, muß ich verschweigen: allein sie sind unvergessen. Die bloße Erinnerung an den schönen, längst verflogenen Jugendtraum ist noch immer entzückend schön.

Und so dauerte der Traum zwei Jahre lang. Zwei Jahre lang sahen wir uns schweigend und liebend, und redeten zusammen durch Saitenstimmen, und näherten uns nie. Ich kannte die Kirche, in der sie betete. Da war auch ich, und betete mit ihr. Ich wußte die Tage, wann sie, von ihrer Mutter und ihren Freundinnen begleitet, unter schattigen Bäumen lustwandelte; da war auch ich. Ihr Blick erkannte mich dann und belohnte mich schüchtern.

Ohne einander in diesem langen Zeitraume gesprochen zu haben, waren wir nach und nach die innigsten Vertrauten geworden. Wir entdeckten uns unsere Freude und unsern Kummer; wir baten und gewährten, und hofften und fürchteten, wir schworen einander Gelübde, und brachen sie nie. Niemand ahnte den Umgang unserer Seelen, unsere schuldlose Vertraulichkeit. Nur Herrn Bertollons Güte setzte mich oft in Gefahr, meine Freuden alle einzubüßen. Er wollte durchaus mir bessere Zimmer einräumen; nicht ohne Mühe erkämpfte ich mir den ferneren Besitz des Dachstübchens.

8.

Als Madame Bertollon von ihrem Landhause zurückgekommen war, stellte mich ihr der Gemahl vor.

»Hier,« sagte er, »ist Alamontade, ein Jüngling, den ich als meinen Freund liebe, und dem ich nichts wünsche, als daß er auch der Ihrige werde, Madame!«

Man hatte nicht zu viel von ihr gesagt. Sie war sehr schön, kaum zwanzig Jahre alt, und konnte den Malern als Ideal zu Madonnen dienen. Eine angenehme Schüchternheit verschönerte sie umsomehr, je weniger die meisten ihres Geschlechts und Standes in Montpellier auch nur die feine Bescheidenheit kannten, ohne welche die Anmut allen Zauber verliert. Sie sprach wenig, aber gut. Sie schien kalt, aber die Lebhaftigkeit und Klarheit ihrer Blicke verrieten ein gefühlvolles Herz, einen regen Geist. Sie war die Wohlthäterin aller Armen, und die ganze Stadt ehrte sie. Von ihrem Gemahl vernachlässigt, von jungen, schönen Männern aus den ersten Familien angebetet wußte dennoch die Verleumdung keinen Schatten in der Reinheit ihrer Sitten zu entdecken. Sie führte ein fast klösterlich eingezogenes Leben. Ich selbst sah sie nur selten. Erst im letzten Jahre meines Besuchs der Hochschule gab eine Krankheit ihres

Mannes Anlaß, daß wir uns öfters in seinem Zimmer beisammen fanden.

Die zärtliche Besorgnis um die Gesundheit des Herrn Bertollon war in allen ihren Zügen zu lesen. Sie war unaufhörlich um ihn beschäftigt. Sie bereitete ihm die Arzneien; sie las ihm vor, und als die Krankheit auf der entscheidenden Höhe stand, wich sie nicht von seinem Lager; durch anhaltende Nachtwachen zerstörte sie ihre eigene Gesundheit. Herr Bertollon blieb sich, als er genas, in seinem kalten, höflichen Betragen gegen sie gleich. Ihre Güte blieb unerwidert. Sie schien seine Gleichgültigkeit tief zu empfinden und entfernte sich nach und nach in demselben Verhältnis wieder von ihm als seine Gesundheit zunahm.

Ich hörte inzwischen nicht auf, den Umgang mit Madame Bertollon in öfteren Besuchen fortzusetzen. Ich glaubte zu bemerken, daß sie Vergnügen an der Unterhaltung mit mir fände. Immer war sie die Stille, Duldende, Sanfte,

»Sie sind Bertollons erster Freund und Vertrauter,« sagte sie einmal, als sie an meinen Arm gelehnt im Garten auf und nieder ging, »ich betrachte Sie auch als meinen Freund und Ihr Charakter giebt mir ein Recht auf Ihre Güte. Reden Sie offenherzig, Alamontade! Sie wissen es: Warum haßt mich Bertollon?«

»Er haßt Sie nicht, Madame! Er ist voll Hochachtung für Sie. Hassen? Er müßte ein Ungeheuer sein, wenn er das könnte. Nein, er ist ein edler Mensch! Er kann niemanden hassen.«

»Sie haben wohl recht. Er kann niemanden hassen, weil er niemanden lieben kann. Er gehört weder der ganzen Welt, noch jemanden; die ganze Welt und jeder gehört nur ihm an. Nie hat wohl die Erziehung ein gefühlreicheres Herz und einen talentvolleren Kopf vergiftet als bei ihm.«

»Sie urteilen vielleicht zu hart, Madame!«

»O das gebe der Himmel! Ich bitte Sie, bekehren Sie mich!«

»Ich Sie bekehren? Nicht doch, Madame! Beobachten Sie Ihren Gemahl, und Sie werden Ihre Meinung ändern.«

»Ihn beobachten? Das that ich stets, und immer blieb er derselbe.«

»Wenigstens ein guter, liebenswürdiger Mensch.«

»Liebenswürdig? Er ist's. Er weiß es und bemüht sich, es zu sein; aber leider nicht um andere, sondern nur um sich zu beglücken. Ich kann ihn eben deswegen auch nicht gut nennen, wiewohl er auch nicht schlecht ist.«

»Gewiß, Madame, verstehe ich Sie nicht ganz! Aber erlauben Sie, daß ich Ihr Vertrauen mit Vertrauen erwidern darf! Nie habe ich zwei Menschen gekannt, die so sehr verdienten, glücklich zu sein, und so sehr geeignet wären, es mit einander zu werden, als Sie und Ihren Gemahl. Und doch stehen beide von einander getrennt da! Gewiß, ich will glauben, in der Welt genug gelebt und gethan zu haben, wenn ich Sie beide mit einander aufs innigste habe verbinden und Ihre entfremdeten Herzen zusammenführen können!«

»Sie sind sehr gütig. Aber ungeachtet die Hälfte Ihrer Arbeit schon gethan ist, denn mein Herz eilte längst dem seinigen nach, welches vor mir flieht, so fürchte ich doch, wünschen Sie eine Unmöglichkeit. Wenn's aber noch Einem gelingen sollte, so würden Sie der Eine sein. Sie, Alamontade, sind der Erste, dem Bertollon so ganz und gar sich hingiebt, an den er sich so fest klammert! Versuchen Sie es, ändern Sie meines Mannes Denkart!«

»Sie scherzen! Ihn ändern? Welche Tugend verlangen Sie, die Bertollon noch ausüben soll? Er ist großmütig, bescheiden, der Beschirmer der Unschuld, von immer gleicher Laune, ohne hervorstechende Leidenschaft, gemeinnützig, freundschaftlich.«

»Sie haben recht, das alles ist er.«

»Und wie soll ich ihn ändern?«

»Machen Sie ihn zum bessern Menschen!«

»Zum bessern Menschen?« erwiderte ich erstaunt und blieb stehen, und sah der schönen Frau mit einer sonderbaren Verlegenheit in die von einer Thräne benetzten Augen. »Ist er denn böse? Ist er lasterhaft?«

»Das ist Bertollon nicht,« antwortete sie, »aber er ist nicht gut.«

»Und dennoch, Madame. geben Sie zu, daß er all die schönen Eigenschaften besitzt, die ich vorhin an ihm rühmte? Fordern Sie nicht vielleicht zu viel von einem Sterblichen?«

»Was Sie an ihm gerühmt haben, Alamontade, habe ich nicht abgeleugnet! Aber es sind nicht seine Eigenschaften, es sind nur seine Werkzeuge. Er thut viel Gutes, aber nicht weil es das Gute ist, sondern weil es ihm vorteilhaft ist. Er ist nicht tugendhaft, sondern klug. Er sieht in allen Handlungen nur das Nützliche und Schädliche, nie das Gute und Böse. Er würde ebenso gern die Hölle als den Himmel zur Erreichung seiner Absichten in Bewegung setzen. Sehen Sie, Alamontade, das ist mein Mann! Er kann mich nicht lieben, denn er liebt nur sich. Mit eherner Beharrlichkeit verfolgt und erreicht er seine Ziele. Er ist der Sohn einer angesehenen Familie, die aber von der Höhe des alten Wohlstandes herabgesunken war. Er wollte reich sein, ward Kaufmann, verschwand in entlegene Gegenden und kam als Herr einer Million zurück. Er wollte seinen Wohlstand durch eine Verbindung mit einem der angesehensten Geschlechter dieser Stadt sichern. Ich ward sein Weib. Er wollte Einfluß auf die öffentlichen Angelegenheiten haben, ohne den Neid zu wecken: er ward volkstümlich und schlug die ersten Ehrenstellen aus. Nichts ist ihm bei seiner Art zu denken unerreichbar. Er kennt keine Heiligkeit. Er überwältigt alles; niemand ist ihm stark genug, weil jeder durch irgend eine Neigung, Leidenschaft oder Meinung schwach ist.«

Dies Gemälde von Bertollons Denkart erschütterte mich. Ich fand es in allen Zügen dem Urbilde entsprechend. Noch nie hatte sich das alles in mir zur deutlichen Vorstellung erhoben, obschon es dunkel in meiner Empfindung lag. Ich entdeckte die ungeheure Kluft, welche die Herzen beider Gatten trennte, und verzagte daran, sie beseitigen zu können.

»Aber, Madame,« sagte ich und drückte gerührt die Hand der schönen Unglücklichen, »verzweifeln Sie nicht! Ihre ausdauernde Liebe, Ihre Tugend wird ihn endlich fesseln.«

»Tugend? O lieber Alamontade, was darf man von einem Manne hoffen, der die Tugend eine Schwäche oder Einseitigkeit des Charakters, oder Sprödigkeit des Sinnes nennt, der die Religion nur für ein Machwerk der Kirche und Erziehung hält, womit die Phantasie der Blöden voll kindischen Eifers ihr Spiel treibt!«

»Er hat aber doch ein Herz, der Mann!«

»Er hat ein Herz, aber er hat es nur für sich und nicht für andere. Er will geliebt sein, ohne dafür hingebend zu sein. Ach, und kann man einen solchen lieben? Nein, Alamontade, die Liebe fordert mehr! Sie giebt sich ganz dem Geliebten hin, und lebt in ihm, und ist ihrer selbst nicht Herrin. Sie rechnet nicht, sie sorget nicht, sie wagt's darauf, ob endlich Treue sie beseligt oder Verrat sie tötet. Aber hoffnungslos will sie nicht sein. Sie begehrt des andern Herz, und eben darin liegt ihr Himmelreich.«

9.

»Und eben darin liegt ihr Himmelreich!« seufzte ich, als ich in meinem Zimmer stand und Klementinens gedachte.

Ich nahm den dürren Kranz herab und hing ihn auf die Harfe. Er war mir bisher das heilige Unterpfand von Klementinens Huld gewesen. Hatte sie nicht selbst ihn auf meine Brust geworfen, die das liebende Herz birgt? Schien sie nicht damals mit eigener Hand dies krönen zu wollen? Wäre es nur kindliche Tändelei gewesen? . . . Ach, hätte es ihr gleich gegolten, ob es eine Dornenkrone oder ein Blütenkranz war, mit dem sie das Herz umzog?

Sie war am Fenster. Ich hob den Kranz empor und hielt ihn gegen meine Lippen. Sie schien ihn zu erkennen. Sie verbarg ein Lächeln und lehnte sich an das Fensterbrett, sah hinab in die Straße und nicht wieder zu mir herüber.

Diese Antwort stürzte mich in eine unaussprechliche Unruhe. Mir war es, als schäme sie sich der Erinnerung, dies Geschenk mir einst gereicht zu haben. Jetzt war es mir plötzlich klar, was ich forderte, was ich hoffte. Ich sehnte mich nach dem Unmöglichen. Nie hatte ich mir Klementinen als Gattin gedacht. Ich liebte sie nur und wünschte von ihr geliebt zu sein. Aber Gattin? Ich, der arme Sohn eines in Schulden verstorbenen Bauers, ich, der noch selbst mit der Dürftigkeit zu kämpfen hatte und nur eine ungewisse Zukunft vor mir hatte . . . ich forderte Montpelliers reichste Erbin? Mein stolzer Mut sank. Ich liebte Klementinen, verzieh es ihr jedoch, wenn sie mich nicht mit Gegenliebe belohnen konnte. Ich sah es ein, daß ich die Verhältnisse des gesellschaftlichen Lebens nicht aufheben könnte, und war im Grunde auch zu stolz, um mein äußeres Glück durch eines Weibes Hand zu machen.

Eifriger lag ich fortan den Wissenschaften ob. Ich wollte mir durch eigene Kraft den Weg zu Klementinens Höhe bahnen. Nächte durchwachte ich unter meinen Büchern. Ich wollte das unbefangene Urteil der Kenner über meine Anlagen hören, und ließ doch ohne Namensnennung ein Werk über die Rechtspflege der ältern Nationen und zugleich eine Sammlung von Gedichten drucken, von denen mir die geheime Liebe einen bedeutenden Teil in die Feder diktierte. Die Veröffentlichung meiner Arbeiten ward von unerwartet glücklichem Erfolg begleitet. Der laute Beifall erhob mein Selbstgefühl. Die Neugier enthüllte bald den Namen des Verfassers, und dieser erntete überall Lob. Das Gelingen meiner ersten Versuche zündete der Hoffnung erloschene Fackel wieder an, unter deren Licht ich, wenn auch in dämmernder Ferne, Klementinen als die meinige erblickte. Sie selbst lohnte mich am schönsten. Als mein Name schon bekannter geworden, las sie am Fenster einst in meinen Liedern. Auch ohne des Verfassers Namen zu wissen, konnte sie ihn ja aus hundert Zügen, die nur sie verstand, am leichtesten erraten. Sie sah herüber, lächelte und legte das Buch an ihre Brust, als wollte sie mir zu verstehen geben: Ich hab' es lieb, und was Du darin sprachst, hast Du zu dieser Brust gesprochen, und sie empfindet es und ist voll stillen Dankes.

Ich nahm noch einmal den verdorrten Kranz, den ich so oft besungen. Sie lächelte. verbeugte sich und sah nicht mehr herüber.

Niemand aber war entzückter durch den mir gezollten Beifall, als mein Freund Bertollon. Er schloß sich immer inniger und vertraulicher mir an. Wir betrachteten uns als Brüder. Er gab sich mir ganz hin und bewies in tausend Dingen, daß er auch ein Herz für andere habe. Er ließ keinen Tag entfliehen, ohne eine gute That verrichtet zu haben. Ich selbst erfuhr nur immer durch Zufall bald diese, bald jene seiner schönen Handlungen.

O, Bertollon! rief ich einst, indem ich ihn mit Heftigkeit an mich drückte, welch ein Mensch bist Du! Warum muß ich Dich ebenso beklagen, als bewundern!

Du thust in beidem zu viel, denn ich verdiene weder das eine, noch das andere, antwortete er mit freundlichem Lächeln.

Nein, Bertollon, das ist das Beklagenswerte, daß Du gut und tugendhaft bist, ohne es sein zu wollen! Du nennst die Tugend

Schwärmerei und Einseitigkeit, und doch übst Du unaufhörlich ihre Vorschriften.

Gut, Alamontade, sei damit zufrieden! Warum mühst Du Dich doch immer an meiner Bekehrung ab? Sobald Du älter wirst, seh' ich Dich in meinen Fußtapfen. Für jetzt sei wenigstens duldsam! Vielleicht ist es dasselbe Kind unter verschiedenen Namen.

Ich zweifle. Könntest Du Dich freiwillig ins Elend stürzen, Bertollon, um die gerechte Sache zu erhalten?

Was nennst Du gerechte Sache? Deine Begriffe sind nicht klar.

Wenn Du Montpellier durch eigene Aufopferung vom Untergange erretten könntest, wärest Du fähig, lebenslängliche Armut oder selbst den Tod dafür zu leiden?

Höre. Colas, Du schwärmst wieder! Nur Schwärmer können solche Opfer fordern und bringen. Und es ist gut, daß es dergleichen in der Welt giebt. Aber komm' doch einmal zur Besonnenheit! Es thut mir leid um Dich, daß Du immer den Grillen nachhängst. Du wirst auf diese Weise nie glücklich. Lauf' durch die ganze Welt und suche die Thoren zusammen, die für Deine Begriffe in den Tod gehen wollen; Du findest unter hundert Millionen nicht einen. Alles ist unter gewissen Verhältnissen wahr, gut, nützlich, gerecht, schön. Die Begriffe der Menschen sind überall verschieden. Wie viele haben gemeint, mit ihrem Tode die Welt zu retten! Sie starben für ihre Vorstellungsart und nicht für die Welt, und wurden hinterher als Narren ausgelacht.

Ich könnte um dieser Worte willen Dich hassen, Bertollon!

Dann wärest Du nach Deinen Begriffen nicht allzu tugendhaft.

Wenn Du Deinen Reichtum dadurch vergrößern könntest, daß Du mich ins Verderben stießest, würdest Du mich ins Verderben stoßen?

Für eine solche Frage sollte ich Dich hassen, Colas!

Und doch konnte ich sie thun. Du strebst ja nur, wie Du sagst, immer nach dem, was Dir nützlich ist. Du wägest ja die Güte der Thaten nur immer nach der Güte des Erfolgs.

Lieber Colas, ich seh' es schon, Du wirst ein schlechter Advokat werden und wenig Schätze sammeln, wenn Du nur immer die nach Deinem Begriffe gute Sache und nie die ungerechte verteidigen willst, insofern Du Dir Vorteil dabei verschaffen könntest!

Ich schwöre es Dir, Bertollon, ich würde mich lebenslang verabscheuen, wenn ich einmal meine Lippen zur Anklage der Unschuld und zum Schutz des Verbrechens rührte!

Und doch, Du gutherziges Närrchen, wirst Du es mehr als einmal thun, weil Du nicht immer der Menschen Schuld und Unschuld auf ihrer Stirn geschrieben findest! Geh! Du wirst der Welt Narr, wenn Du nicht ihre Wege einschlagen kannst.

So stritten wir oft miteinander. Ich ward zuweilen an ihm irre. Ich hätte ihn fürchten können, wenn er mir seine widerwärtigen Meinungen nicht immer so scherzend gesagt hätte, als wenn er sie selbst nicht hege. Er wollte mich nur gern in Harnisch bringen; und wenn's ihm gelungen war, lachte er herzlich. Seine Thaten aber sprachen gegen seine Worte.

Madame Bertollon hingegen enthüllte täglich mehr die schöne Gesinnung, welche sie beseelte. Sie glühte für die Tugend, welche sie mit religiösem Eifer übte. Ich ward ihr Tischgenosse. Nie mangelte uns Stoff zur Unterhaltung. Einsam verlebte ich mit ihr die langen Winterabende. Sie lernte von mir die Harfe spielen. Bald konnte ich ihren reizenden Gesang mit meinem Saitenspiel begleiten. Sie sang meine Lieder mit tiefem Gefühl. Sie war bezaubernd. Ihre Schönheit würde mir gefährlich geworden sein, hätte mein Herz nicht an Klementine gehangen. Wenn ich von ihr mit Entzücken zu Bertollon sprach, lächelte er. Wenn ich ihm Vorwürfe machte, daß er ein so liebenswürdiges Wesen sich selbst überlassen könne, antwortete er: »Unser Geschmack ist verschieden. Laß doch einem jeden den seinigen!«

Ich hatte meine Studien beendet und empfing den Grad eines Doktors der Rechte und die Erlaubnis, vor den Tribunalen des Königreichs als Anwalt aufzutreten. Meine verdoppelten Arbeiten in dieser Zeit machten meine Besuche bei Madame Bertollon seltener. Aber desto fröhlicher empfing sie mich dann jedesmal; desto lebhafter empfand ich, wie teuer sie mir war. Wir sagten es uns nicht, wie sehr wir uns einander notwendig geworden, aber jedes verriet es dem andern in Miene und Herzlichkeit des Wesens.

Zuweilen schien es mir, als wäre sie trauriger als sonst, und dann wieder liebreicher und hingebender. Zuweilen schien sie mich mit auffallender Kälte und Zurückhaltung zu behandeln, und dann wieder mich mit zarter Schwesterlichkeit über meine Besorgnisse beruhigen zu wollen. Diese Ungleichheit des Betragens war mir befremdend; vergebens bemühte ich mich, die Ursache davon zu erforschen. Indessen blieb es mir nicht verborgen, daß sie nicht mehr wie sonst die immer Heitere und Gleichmütige war. Ich fand sie oft mit rotgeweinten Augen. Sie sprach zuweilen mit einer sonderbaren Schwärmerei über das Glück der klösterlichen Abgeschiedenheit. Dabei entzog sie sich ihren gewöhnlichen Gesellschaften mehr und mehr. Eine verhehlte Schwermut nagte an der Blüte ihres jungen Lebens.

Diese Beobachtungen machten auch mich traurig. Ich bemühte mich oft vergebens, sie aufzuheitern. Die Wehmut ihres Blickes, das erlöschende Rot ihrer Wangen, ihr tiefes Schweigen, und ihr Bestreben, mir unter erkünstelter Munterkeit den Gram zu verheimlichen, an dem ihr Herz krankte, mischten in meine Freundschaft die milde Wärme und Zärtlichkeit des Mitleidens. Wie gern hätt' ich mein Leben darum gegeben, ihr frohere Tage zu erkaufen!

Einst hemmte in einer Abendstunde, da sie zu meinem Harfenspiel sang, ein plötzlicher Thränenstrom ihre Stimme. Ich stellte erschrocken die Harfe weg. Sie stand auf und wollte in ihr Kabinett flüchten, um mir ihren Schmerz zu verbergen.

Wie rührend sind Jugend, Schönheit und Unschuld im Augenblick des stillen Leidens!

Ich ergriff ihre Hand und hielt sie zurück.

»Nein,« rief sie, »lassen Sie mich!«

»Aber so kann ich Sie unmöglich verlassen! Bleiben Sie! Darf ich Ihren Kummer nicht teilen? Bin ich nicht Ihr Freund? Nennen Sie mich nicht selbst so? Und giebt dieser schöne Name mir nicht ein Recht, nach Ihrer Betrübnis zu fragen, die Sie mir umsonst verheimlichen wollen?«

»Lassen Sie mich! Ich beschwöre Sie, lassen Sie mich!« rief sie, und wollte sich mit matten Kräften von mir loswinden.

»Nein! Sie sind unglücklich« . . . sagte ich.

»Ja, unglücklich!« seufzte sie mit unverhaltenem Schmerz, und ihr schönes Gesicht sank an meine Brust, um die Thränen zu verbergen.

Unwillkürlich schlang ich meine Arme um die zarte Dulderin. Ein wehmütiges Mitgefühl überwältigte auch mich. Ich stammelte ihr Worte des Trostes zu, und bat sie, sich zu beruhigen.

»Ach, ich bin unglücklich!« rief sie mit Heftigkeit und schluchzend.

Ich wagte es nicht weiter, mit unzeitigem Zureden den Sturm ihrer Empfindungen zu beschwichtigen. Ich ließ sie ausweinen, und führte sie zu den Sesseln zurück, da ich fühlte, daß sie schwächer ward und zitterte. Ihr Haupt blieb an meiner Brust. »Ihnen ist nicht wohl?« frug ich schüchtern.

»Es wird mir wohler!« antwortete sie. Nach einer Weile ward sie ruhiger. Sie sah auf, und sah meine Augen naß. »Warum weinen Sie, Alamontade?« lispelte sie.

»Kann ich bei Ihrem Schmerze ungerührt bleiben?« antwortete ich, indem ich mich zu ihr niederbog. Schweigend, Hand in Hand und Aug' in Auge, saßen wir da, von unsern Gefühlen überwältigt. Eine Thräne floß über ihre Wangen. Ich bog mich leise gegen sie, küßte die Thräne hinweg und zog die Leidende enger an mein Herz, ohne zu wissen, was ich that. Meine Lippen glühten an den ihrigen, und ich fühlte meinen Kuß sanft erwidert. Unsere Umarmung löste sich nicht; meine Thränen trockneten an der Glut der Wangen. In unsern Küssen loderte ein betäubendes Feuer, und was wir Freundschaft genannt, ging verwandelt in Liebe über.

Wir schieden. Zehnmal schieden wir, und ebenso oft sank ich wieder an ihren Hals und vergaß der Trennung. Taumelnd, wie ein Berauschter, kam ich in mein Zimmer. Harfe, Kranz und Fenster erschreckten mich.

10.

In einer tiefern Verwirrung war ich nie gewesen, als am folgenden Morgen. Ich war mir selbst unbegreiflich und schwankte zwischen Widersprüchen. Madame Bertollon schien mich zu lieben; heldenmütig hatte sie bisher wider eine Leidenschaft gestritten, welche den Adel ihrer Seele befleckte. Ich Elender war's, der, ohne sie zu lieben, auf die Seite ihrer Leidenschaft treten und eine unselige Flamme anfachen konnte, von der sie verzehrt, und ich, mehr als die Unglückliche, entehrt werden mußte.

Vergebens rief ich mir die Heiligkeit meiner Pflichten zurück; vergebens hielt ich mir den schändlichen Undank vor, welchen ich gegen Bertollons großmütige Freundschaft beging, vergebens gedachte ich Klementinens und meiner stillen Gelübde: Alles, was mir sonst reizend und ehrwürdig gewesen, hatte Macht und Einfluß verloren. Der Rausch meiner Sinne datierte unaufhörlich fort; vor meiner Einbildungskraft schwebte nur Bertollons liebenswürdige Gattin; ich fühlte noch auf meiner Lippe die Glut ihres Gegenkusses, und meine geschmeichelte Eitelkeit vernichtete mit trüglichen Schlüssen und Folgerungen die ernste Warnung des Gewissens. Und indem mir die heilige Vernunft ihr Gebot in die Feder diktierte, und ich der Tugend das erste schwere Opfer darbringen wollte, schrieb ich an Madame Bertollon die feierlichsten Schwüre meiner Liebe; log ich ihr vor, wie mich geheime Leidenschaft verzehre, und ich nur in ihrer Liebe meinen Himmel erblicke. Ich bat, ich beschwor sie, mich nicht sinken zu lassen, und rollte vor ihrer Phantasie ein begeisterndes Gemälde unserer Seligkeit aus.

Ich sprang auf. Ich las und las – zerriß den Brief, schrieb einen zweiten, schrieb alles vorige wieder, und las und zerriß es wieder. Wie eine unbekannte Gewalt schleppte es mich wider meinen Willen zum Verbrechen hin, vor dem meine Seele schauderte. Indem ich schwor, mit halblauter Stimme schwor, noch heute nach Nismes aufzubrechen, und nie die Mauern von Montpellier wieder zu sehen, schwor ich leise bei mir, das hold-unglückliche Weib nie zu verlassen, sondern an ihr zu hangen, und sollte ich aus ihren Küssen meinen unvermeidlichen Tod saugen.

Es war, als rängen zwei verschiedene Seelen in mir mit gleicher Kraft und Gewandtheit. Die Überlegung schwand; das Gefühl der Pflicht erstarb im Gefühl der alles verzehrenden Neigung. Ich beschloß, zu Madame Bertollon hinzueilen. Vielleicht daß auch sie sich wegen ihrer bewiesenen Schwäche mit Vorwürfen quälte; vielleicht daß auch sie mich und Montpellier zu fliehen willens sein konnte. Ich wollte sie zurückhalten. Ich wollte ihre Besorgnisse zerstreuen und ihr das Erlaubte unserer Liebe vorstellen.

Ich sprang auf und zur Thür hin. »Also doch freveln?« rief's wieder in mir. »Also doch nun den lange bewahrten innern Ruhm der Unschuld einbüßen?« Ich wankte und trat zurück.

»Sei rein wie Gott und bleib' es! Dieser Tag und dieser Sturm gehe vorüber, dann bist du gerettet!« sprach ich zu mir selbst. Dies religiöse Gefühl erhob mich. Der Gedanke: Sei rein wie Gott! drang durch das Gewühl meiner wilden Empfindungen immer hindurch, und hielt mich wenigstens für diesmal ab, sogleich zu Madame Bertollon zu eilen.

Da öffnete sich die Thür meines Zimmers. Herr Bertollon trat herein.

»Was machst Du, lieber Colas? Dir ist nicht wohl?« sagte er. Erst jetzt nahm ich wahr, daß ich mich aufs Bett geworfen hatte. Ich sprang auf. Er reichte mir die Hand, aber ich hatte nicht den Mut, ihm die meinige zu geben.

»Aber was fehlt Dir? Dein Blick ist so verstört, Colas! Du siehst blaß aus!« sagte er wieder. Ich aber konnte nicht antworten.

»Entdecke ihm alles Vorgefallene!« rief's in mir. »Dem Ehemann entdecke alles, alles. so ist mit einem Male die ewige Scheidewand zwischen Dir und seiner Gattin gezogen, und Du bleibst rein, wirst nicht der Verführer eines Weibes, der Verräter Deines edlen Wohltäters und der Betrüger Deines Freundes!«

»Bertollon, ich bin unglücklich, weil ich Deine Gattin liebe!« sagte ich schnell und aus Furcht, ich möchte das Bekenntnis nicht vollenden. Und kaum hatte ich die letzte Silbe vorgebracht, so überfiel mich die Reue, nun aber zu spät. Es war geschehen. Der Ehemann wußte alles. Ich aber war gerettet.

Bertollon entfärbte sich, und sprach: »Was redest Du, Colas?«

»Ich muß fort! Ich muß Montpellier, muß Dich, muß Deine Gattin fliehen, denn ich liebe sie!« antwortete ich.

»Du bist ein Narr, glaub' ich!« sagte er lächelnd und gewann wieder Farbe.

»O Bertollon, es ist mein Ernst! Ich darf hier nicht bleiben. Deine Gemahlin ist ein edles Weib. Aber ich fürchte, mein Umgang mit ihr wird ihr und mir verderblich.«

»Ein Heiliger, wie Du, Colas,« sagte Bertollon laut lachend, »der dem Ehemann selbst die Geheimnisse seines Herzens in frommer Andacht beichtet, ist keinem Ehemann gefährlich. Sei ruhig, Du bleibst bei uns. Wer wird auch so viel Wesen aus einer Liebschaft machen? Ich vertraue Dir und habe keinen Argwohn weder gegen Dich, noch gegen mein Weib. Dies sei Dir genug. Wenn Ihr Euch beide liebt, was kann ich gegen Eure Herzen? Und wenn Ihr zwischen Euch beide den ganzen Erdball wälztet: würdet Ihr Euch beide darum weniger lieben? Liebet Euch! Ich weiß, Ihr denket beide zu edel, als daß Ihr Euch vergessen solltet!«

Er sagte dies alles so unbefangen und heiter, und mit dem Tone so argloser Zuversicht, daß ich gerührt ihn an mein Herz schloß. Sein Edelmut stärkte meine Kraft zum Guten. Ich schämte mich der Niedrigkeit, und sogar deswegen, daß ich einen so schweren Kampf gekämpft.

»Nein,« sagte ich, lieber Bertollon, ich wäre ein Ungeheuer, wenn ich Dein Vertrauen täuschen und Deine Freundschaft so schändlich vergelten könnte. Du hast mich jetzt wieder zum Gefühl meines besseren Selbst gebracht. Ich bleibe, und die Erinnerung an Deine Zuversicht wird mich vor jedem entehrenden Gedanken bewahren. Ich bleibe und will Dir beweisen, daß ich Deiner wert bin. Ich werde meinen Umgang mit Deiner Gemahlin abbrechen. Ich will sie nie ohne Zeugen sehen. Ich will . . .«

»Wozu mir das sagen?« unterbrach mich Bertollon. »Genug, ich vertraue Dir! Denkst Du, daß ich's nicht längst bemerkt, daß meine Frau Dich liebt? Daß ihre Liebe die Farbe ihres heftigen ungestümen Charakters trägt? Daß ihre Leidenschaft um so gewaltiger ist, je tiefer sie solche verbirgt? Teile ihr Deine edlen Grundsätze mit, und heile sie, wenn Du willst, aber mit Vorsicht. Ich kenne sie, ihre Liebe könnte sich sehr bald in einen fürchterlichen Haß verwandeln, und dann wehe Dir!«

Er brach hiermit das Gespräch ab und lenkte meine Aufmerksamkeit auf einen fremdartigen Gegenstand. Er duldete es nicht, daß ich wieder vom vorigen anfing. Je mehr ich Ursache hatte, die Größe seines Vertrauens zu bewundern, desto kühler wurde ich selbst, und desto entschlossener, mich allmählich von seiner Gattin zu trennen.

11.

Erst am Abend des folgenden Tages sah ich sie wieder. Sie saß einsam in ihrem Zimmer, das schöne Haupt schwermutsvoll auf ihren Arm gestützt. Sie stand auf, sobald sie mich gewahr ward; ihr Gesicht war voll lieblicher Verwirrung. Ich näherte mich ihr. Wir blieben beide lange sprachlos. Sie hatte die Augen niedergesenkt.

»Darf ich's noch wagen, vor Ihnen zu erscheinen?« sagte ich zitternd. »Ich komme nur, um mein Vergehen zu büßen.«

Sie schwieg.

»Ich habe Ihr Vertrauen gemißbraucht,« fuhr ich fort; »ich sollte nur Achtung gegen die Gattin meines einzigen Freundes hegen ... ich habe gefehlt.«

»Und ich!« stammelte sie leise.

»Ach, Madame, ich fühl's, ich habe mich zu wenig in der Gewalt; und wer könnte es bei Ihnen? ... Aber ... und sollte es mir das Leben kosten, ich will Ihre Ruhe nicht stören. Mein Entschluß ist unwiderruflich gefaßt. Ich habe Ihrem Gemahl das Innere meines Herzens entdeckt.«

»Entdeckt?« rief sie erschrocken: »Und er?«

»Er entfärbte sich anfangs ...«

»Er entfärbte sich?« stammelte sie.

»Aber mit Vertrauen auf Sie, Madame, und mit einem Vertrauen, größer als meine Tugend, wollte er mir den Vorsatz ausreden, mich von Montpellier zu entfernen.«

»War das Ihr Vorsatz, Alamontade?«

»Er ist's noch jetzt. Ich liebe Sie, Madame! Sie aber sind die Gattin Bertollons. Ich will die Ruhe einer Familie nicht stören, der ich tausend Wohlthaten verdanke.«

»Sie sind ein edler Mensch!« sagte sie, und Thränen rollten über ihre Wangen, »Sie wollen thun, was ich zu thun entschlossen war. Meine Sachen sind bereits gepackt. Ich darf, ich will es Ihnen nicht verhehlen, Alamontade, daß ich wünsche, Sie nie kennen gelernt zu haben! Unsere Freundschaft artete in Liebe aus. Ich belog mich vergebens. Ich rang zu spät gegen meine strafbaren Empfindungen.«

Sie schluchzte heftiger. »Ja!« rief sie. »So ist es besser! Wir müssen uns trennen. Aber nicht für immer und ewig. Nein, nur bis unsere Herzen ruhiger schlagen, bis wir uns mit Zurückhaltung begegnen können!«

Sie schwieg. Ich war tiefbewegt. Wir bekannten uns ewige Liebe, und gelobten und schworen, sie doch in unserer Brust zu töten.

Als wir von einander schieden, hatten wir verabredet, ich solle nicht weiter als eine Stunde von Montpellier reisen. Auf dem Landgute bei Castelnau sollte ich wohnen, und nur zuweilen zum Besuch in die Stadt kommen.

12.

Ohne Zögern führte ich meinen Vorsatz aus, so sehr auch Herr Bertollon dagegen war. Er mußte endlich meinen Bitten nachgeben. Ich reiste ab, ohne auch nur den Abschiedsbesuch bei Madame Bertollon zu wagen.

In der Stille der ländlichen Natur genas ich bald von dem Liebesrausche. Ich fühlte es, daß ich Madame Bertollon nie wahr und rein geliebt hatte, und verabscheute mich selbst, ihr Gefühle vorgeheuchelt zu haben, die mir nicht beiwohnten. Es war nichts, als ein betäubender Rausch gewesen, der erst durch die unglückliche Liebe entstanden war, welche die schöne Frau mir nicht verbergen konnte. Sie allein war zu beklagen, und meine Pflicht ward es, ihr den verlorenen Frieden wieder zu geben.

Es verstrichen vier Wochen. Bertollon allein besuchte mich. Er kam oft. »Denn ich kann nicht ohne Dich leben, und doch fesseln mich meine Geschäfte an die unselige Stadt!« sagte er.

Eines Morgens ward ich durch den Bedienten früh geweckt. »Herr Larette ist draußen, er will Sie schlechterdings sogleich sprechen!« sagte er, und Larette, einer von Bertollons Freunden, trat zu gleicher Zeit blaß und verstört herein.

»Stehen Sie auf,« rief er, »und kommen Sie sogleich nach Montpellier!«

»Was giebt's?« fragte ich erschrocken.

»Stehen Sie auf, kleiden Sie sich an! Sie haben keinen Augenblick zu säumen. Bertollon ist vergiftet und liegt auf den Tod danieder.«

»Vergiftet?« stammelte ich und sank fast ohnmächtig im Bette zurück.

»Nur hurtig! Er wünscht Sie noch zu sehen. Ich bin auf seinen Befehl hierher geeilt.«

Ich warf mir zitternd meine Kleider über. Kraftlos folgte ich ihm zur Thür. Ein kleiner Wagen stand bereit. Wir setzten uns hinein und flogen den Weg nach Montpellier hinaus.

»Vergiftet?« fragte ich wieder unterwegs.

»Freilich!« erwiderte Larette. »Doch schwebt über der Begebenheit ein unbegreifliches Dunkel. Ein Kerl, der das Gift aus dem Spezereiladen geholt, ist im Gefängnis. Auch Madame Bertollon wird in ihren Zimmern bewacht.«

»Madame Bertollon? Bewacht? Warum bewacht? Wer läßt sie bewachen?«

»Der Magistrat.«

»Der Magistrat? Bildet sich die Polizei von Montpellier solche Raserei ein? Glaubt der Magistrat, Madame Bertollon könne ihren Gatten vergiftet haben?«

»Er glaubt's, und jedermann . . . Der Kerl, Valentin, er . . .«

»Wie? Valentin, der alte, treue Hausknecht, die ehrlichste Haut unter der Sonne?«

»Nun, er hat ausgesagt, das Gift auf Befehl der Madame Bertollon vor ungefähr acht Tagen geholt zu haben. Und auf diese Aussage des Knechtes hat Madame Bertollon bei ihrer Vernehmung es ohne weitere Umstände eingestanden. Da haben Sie alles.«

»Eingestanden? Ich bin wie von Sinnen, denn ich verstehe Sie nicht. Was hat sie eingestanden?«

»Daß Valentin ihr das Gift habe holen müssen.«

»Entsetzlich! Und auch, daß sie es sei, die ihren eigenen Mann umgebracht, vergiftet hat?«

»Wer gesteht denn so was ein? Übrigens ist es leider der Fall. Bertollon fühlte gestern früh wieder seine gewöhnliche Unpäßlichkeit; Sie wissen, er ist zuweilen dem Schwindel unterworfen. Er hat seine Gemahlin ersucht, da sie in ihrem Zimmer eine kleine Hausapotheke besitzt, ihm die gewöhnlichen Magentropfen zu geben, eine sehr kostbare Essenz, die Madame Bertollon ihm in einem blauen, vergoldeten Glasfläschchen brachte. Sie selbst goß die Arznei in den Löffel, that Zucker hinzu, und reichte sie ihrem Mann. Nach einer Weile empfand er schon das heftigste Schneiden in den Eingeweiden. Der Arzt kam. Man erkannte die Wirkungen des Giftes. Man fand davon noch Spuren in der Essenz, die im Löffel geblieben. Der Arzt that sein Möglichstes, ihn zu retten. Er forderte die Essenz zur Untersuchung. Madame Bertollon ward empfindlich, und fragte, ob man glaube, sie sei eine Giftmischerin? Endlich, da sie nicht länger, ohne Verdacht zu erregen, die Auslieferung des Fläschchens verweigern konnte, übergab sie es. Unterdessen waren mehrere Ärzte, sowie auch ein Abgeordneter der Polizei, herbeigeeilt. Die Geschichte war ruchbar geworden. Der Spezereihändler erinnerte sich des an Valentin verkauften Giftes und zeigte es dem Polizeiamt an. Valentin ward auf der Stelle festgenommen. Er berief sich auf seine Gebieterin und deren Befehl. Madame Bertollon ward obrigkeitlich befragt. Sie sank ohnmächtig hin. Man forderte ihr die sämtlichen Schlüssel ab, untersuchte ihren Arzneischrank, und fand das vom Spezereihändler wieder erkannte Gift; nur fehlte davon ein Teil. Inzwischen war die Essenz im blauen Fläschchen geprüft, und Gift darin entdeckt worden. So stehen die Sachen. Denken Sie nun davon, was Sie wollen, mein Herr!«

Ich schauderte und sprach keine Silbe. Ich erblickte in dem Ganzen einen gräßlichen Zusammenhang, den weder Larette, noch ein fremder wahrnehmen konnte. Sie liebte mich mit einer fürchterlichen Stärke; unsere Trennung erhöhte ihre Leidenschaft, statt sie zu brechen. So verfiel sie auf den verruchten Plan, sich ihres Gemahls zu entledigen.

Wir kamen in Montpellier an. Ich wollte in das Zimmer meines teuern Wohltäters. »Lebt er noch?« rief ich schon unten an der Treppe. Man gebot mir flüsternd, mich still zu verhalten. Man wehrte mir den Eingang in sein Gemach. Er war in einen sanften Schlummer gesunken, der ihm wohlthun und ein beruhigendes Zeichen seiner Rettung sein sollte.

»Und wo ist Madame Bertollon?« frug ich.

Man antwortete mir, sie habe diesen Morgen in aller Frühe das Haus verlassen, und sei zu ihren Verwandten gezogen, wo sie, gegen gerichtliche Bürgschaft ihrer ganzen Familie, häusliche Haft erhalten habe.

13.

Ganz Montpellier ward durch diese außerordentliche Begebenheit erschüttert. Bertollons allmähliche Genesung durch die Kunst der Ärzte erregte in allen Häusern die lebhafteste Freude. Ich wich nicht mehr vom Krankenlager meines geliebten Freundes, den ich als meinen Bruder, als meinen Vater verehrte.

Unterdessen war der Prozeß gegen die Gattin Bertollon's anhängig gemacht worden, aber der berühmteste Advokat von Montpellier, Herr Menard, erbot sich gegen die Familie der Angeklagten aus freien Stücken, ihr gerichtlicher Verteidiger zu werden. Menard hatte noch keinen Rechtshandel verloren. Der Zauber seiner Beredsamkeit besiegte alles: wo er den Verstand nicht überzeugen konnte, wußte er ihn mit unauflöslichen Zweifeln zu umstricken, und dann alle Gefühle des Herzens wider ihn in Aufruhr zu bringen.

»Ich verlange nichts,« sagte Bertollon, »als daß man mich von der Giftmischerin auf ewig trenne. Ich dringe auf keine andere Bestrafung ihres mißlungenen Versuchs. Ihr eigenes Gewissen und die öffentliche Verachtung sind für sie Strafe genug. Menard ist, ich weiß es, mir persönlich abhold. Er war einmal mein Nebenbuhler. Ich sehe voraus, daß er durch seine Kunstgriffe Richter und Volk dermaßen verwirren und verblenden wird, daß meine schändliche Frau noch mit Triumph aus dem Handel geht.«

»Das wird er nicht!« rief ich mit Wärme. »Ich bitte Dich, Bertollon, obgleich ich ein Anfänger bin und nie vor Gerichten sprach, übergieb mir Deine Angelegenheit. Vertraue mir und der gerechten Sache! Es thut mir gar nicht weh', gegen eine Frau vor das Tribunal zu treten, die ich einst Freundin nannte, und die mich mit verbrecherischen Gefälligkeiten überhäufte. Du bist mein Bruder, mein Wohlthäter, Deine Sache ist eine heilige!«

Bertollon lächelte, aber er äußerte mir zugleich seine Besorgnis, daß ich der Gewandtheit meines Gegners nicht gewachsen sei. Er willigte endlich, nicht ohne anscheinende Besorgnis, in meinen Wunsch ein, daß sein Prozeß der erste Versuch meiner Kunst werden sollte.

Als man in Montpellier erfuhr, daß ich der Anwalt Bertollon's sei, hielt man schon im voraus meinen Gegner für den Sieger. Nachdem die Untersuchung und die Zeugenverhöre beendigt waren, wurden Menard und ich vor die Schranken gelassen. Der gewaltige Redner schien meiner zu spotten. Er verschmähte es, gegen einen jungen Menschen anzutreten, der noch vor kurzem sein Schüler gewesen, und jetzt eine Probearbeit liefern wollte. Er sprach und sprach mit solcher Macht, daß er mich selbst auf's innigste erschütterte und fast für die Sache der angeklagten Frau entflammte. Der Prozeß dauerte durch Menard's Kunst schon ein halbes Jahr, wahrend ich in einigen Wochen zu siegen gehofft hatte. Immer ward Menard vom Beifall des Volks aus dem Obergerichts-Palaste begleitet, und ich schien meine Kräfte nur darum an der Erschwerung seines Sieges zu vergeuden, um seine Lorbeeren zu vermehren. Je mehr inzwischen meine Sache sank, desto höher stieg mein Mut. Eine ungewöhnliche Kraft beseelte mich. Menard selbst fing an, mich zu achten, oder zu fürchten, je weiter ich ihn aus seinen ersten Eroberungen zurückdrängte. Seine Partei verminderte sich, je mehr er die Wahrheit der durch ihn zweideutig und unsicher gemachten Thatsachen anzuerkennen gezwungen war. Bald vernahm ich öffentliche Lobsprüche. Bald umgab mich eine kleine Zahl von Anhängern. Bald rauschte auch mir des Volkes Beifall zu, je mehr Madame Bertollon als Verbrecherin erschien, und ihre Schönheit und ihre Tugend durch die Erinnerung an jene schwarze That verdunkelt wurden.

So angenehm mir dieser Weihrauch war, entzückte er mich doch nicht so sehr, als Klementinens stummer Beifall. Madame Bertollon war eine Verwandte des Hauses de Sonnes. Als es bekannt ward, daß ich Bertollon's Sache verfechten würde, stand Klementine traurig am Fenster. Sie schüttelte den Kopf. Sie machte mir eine drohende Geberde. Ich glaubte sie zu verstehen und zuckte die Achseln, ließ mich jedoch nicht abschrecken, eine Pflicht zu erfüllen, die mir so heilig war. Während in Montpellier mein Name bekannter und gepriesener wurde, ward auch sie wieder freundlicher. Klementine schien über ihr Glück die Verwandtschaft mit Madame Bertollon zu vergessen. Ach, ich sah mich von dem Engel geliebt, den ich anbetete. Kein Sterblicher war seliger als ich. Jahre lang hatte schon unser Einverständnis gewährt.

Doch ich kehre zu dem unseligen Prozeß zurück, der jetzt für die Angeklagte die übelste Wendung nahm. Madame Bertollon konnte, indem alle Tatsachen und Zeugen wider sie waren, nichts mehr thun, als standhaft leugnen, daß sie ihren Gatten habe vergiften wollen, wenn gleich der Schein sie schuldig machte. Ich drang nun darauf, daß man sie strenger als bisher vernehme, warum sie, oder zu welchem Zweck sie acht Tage vor der That das Gift eingekauft hatte? Sie erteilte ausweichende Antworten, und verfiel während der Verhöre in Widersprüche. Man sah ohne Mühe ein, daß sie sich scheue, den Grund zu entdecken. Alle Bitten ihrer Verwandten, alle Drohungen ihres Anwalts vermochten nichts über sie. Dies vermehrte den Verdacht. Menard gab seinen Prozeß verloren. Da übernahm es Madame Bertollon, ihre Sache vor Gericht selbst zu verfechten, in der Herr Menard so unglücklich war. Ich sah darin nichts, als einen Kunstgriff Menard's, der nun die rührende Gewalt weiblicher Schönheit zu Hilfe rufen wollte, seine Beredsamkeit zu unterstützen.

Als sie in den Saal trat, entstand eine Todesstille. Nie war sie reizender gewesen als in diesem Augenblick. Ihr einfaches Gewand und die Blässe des tiefen Kummers riefen das Mitleid in alle Herzen, und Thränen in alle Augen. Jeder schwieg. Jetzt wandten sich alle Blicke von ihr hinweg auf mich. Ich sollte reden, aber ich konnte es nicht. Ich war in einer unaussprechlichen Verwirrung. Sie war das Bild der leidenden Unschuld. Alle die lieblichen Stunden, welche ich an ihrer Seite genossen, tauchten in meinem Gedächtnis auf, umringten wie weinende Engel meine Seele, baten für sie und flüsterten: Sie ist gewiß schuldlos! Endlich ermannte ich mich. Ich bezeugte, daß niemand entzückter sein würde, von der Unschuld der Angeklagten überzeugt zu sein als ihr eigener Gatte und dessen Fürsprecher, ich. Notwendig sei es daher, daß sie den schreienden Verdacht von sich abwende, daß sie anzeige, in welcher Absicht sie das Gift gekauft habe?

Madame Bertollon war sehr schwach. Sie lehnte sich an den Arm ihres Verteidigers. Sie sah mich mit einem schmerzlichen Blick an, aus welchem Liebe und Jammer sprachen. »O Alamontade!« sagte sie mit matter Stimme. »Und Sie müssen es sein, der darauf dringt, meine Absichten mit dem Gifte zu erfahren? Sie? Und hier?« Sie schwieg eine Weile; dann hob sie sich plötzlich empor, wandte das blasse Antlitz gegen die Richter, und mit einem schmerzlichen Tone, der die Verzweiflung ihrer Seele ausdrückte, sprach sie: »Richter, Ihr habt mich mit der Folter bedroht, um mein Geständnis zu erpressen! Es ist genug! Ich will den Prozeß enden! Ich bin schuldig! Ich hatte mit diesem Gifte einen Mord im Sinne. Mehr erfahret Ihr nicht von mir! Verdammet mich!«

Sie drehte sich um und verließ den Saal; Todesstille folgte ihr nach . . . ein tiefes Erstarren rings umher.

Zwei Tage nachher sprach das Tribunal das Wort: »Schuldig!« über die Elende aus.

14.

Herr Bertollon war schon längst genesen. Er war heiterer als sonst. Am Abend vor dem Gerichtstage, an welchem das Urteil über Madame Bertollon gefällt werden sollte, war ich bei ihm. Wir zechten fröhlich; um Mitternacht saßen wir noch hinter den Weingläsern und schworen uns im tollsten Rausche ewige Freundestreue bis in den Tod.

»Höre, Colas!« sagte er. »Kennst Du Klementine de Sonnes?«

Ich wurde rot. Wein und Freundschaft entrissen mir das heilige Geheimnis. Bertollon lachte ausgelassen und rief einmal über das andere: »Aber Närrchen, Du mit Deiner himmlischen Tugend wirst überall geprellt! Sei doch nur einmal vernünftig – Warum hast Du mir's nicht schon längst gesagt? Sie wäre jetzt schon Deine Verlobte! Nun, Du sollst sie haben! Da hast Du meine Hand! Mit Klugheit unterjochen wir die Welt, warum nicht ein Mädchen oder eine stolze Familie? Denn ich merke schon, daß Klementine Dir keinen Korb geben würde.«

Ich fiel entzückt meinem Freunde um den Hals. »O wenn Du das könntest, Bertollon, wenn Du das könntest! Du machtest mich glücklich, Du machtest mich zum Gott!«

»Desto besser! Denn ich bedarf noch eines göttlichen Beistandes zu einem Plänchen. Ein Mädchen, wie Deine Klementine, es hat eine auffallende Ähnlichkeit mit ihr, man sollte beide für Schwestern halten ... ein solches Mädchen wohnt in Agde. Ihr Narren meinet, ich reise wegen der gesunden Luft, oder wegen Handelsspekulationen so fleißig nach Agde hinüber! Nein, ich liebe das Mädchen, unaussprechlich liebe ich's; so hat mich noch kein Weib gefesselt! Sobald ich meine Frau los bin, halte ich um die Venus von Agde an.«

»Wie, Bertollon?« rief ich erstaunt. »Du willst Dich wieder vermählen?«

»Wie anders? Siehst Du, ich meinte anfangs, Du würdest mit meiner Frau einen Roman in bester Form spielen; ich meinte, Du liebtest sie wirklich, und dann hätte ich sie Dir abgetreten, und wir würden uns darüber verständigt haben. Es wäre mir gerade lieb gewesen. So hätte es nachher nicht Teufels Lärmen vor Pontius und Pilatus gegeben, und mit dem Gifte hätte es mir fast übel gehen können!«

»Aber wie denn, Bertollon, ich verstehe Dich nicht?«

»Ich muß Dir nur sagen, Du Närrchen, als ich in Abwesenheit meiner Frau abends heimlich ihre Sachen durchstöberte – lach' nur, Du siehst, ich habe Dir mit Deiner Tugend damals nicht ganz getraut – da glaubte ich, Ihr würdet Liebesbriefe, klägliche und zärtliche, mit einander wechseln. Und der Blitzkerl, der lahme Jacques, kam gerade die Treppe herunter, und sah mich aus dem Zimmer meiner Frau schleichen, als ich ihr den tollen Streich gespielt hatte. Der dumme Maulwurf aber schoß vorbei und grüßte ehrerbietig.«

»Welchen Streich denn? Du schwatzest wunderlich durcheinander. Trink, Du sollst leben!«

»Und Du auch, Colas! Du hast Deine Sache gut gemacht. Bist ein goldner Bursche! Ich wette, Du hättest Deine Reden nicht halb so schön vor dem Tribunal gegen meine Frau gehalten, wenn Du gewußt hättest, daß ich selbst das Gift, freilich nur wenig, in die Essenz gethan.«

»Nein, wahrhaftig nicht, lieber Bertollon!«

»Nun, eben deswegen war's klug von mir, Dir vorher nichts zu sagen. Jetzt thut's keinen Schaden mehr. Aber was denkst Du denn, daß sie mit dem Zeuge gewollt haben mag?«

»Das ist eben das Rätsel!«

»Aber schlau war's! Nicht so, Colas? Denn nun stellte ich mich den andern Morgen krank am Schwindel, und ließ es meiner Frau sagen, die mir eigenhändig nach ihrer Weise die Essenz brachte. Der Arzt ward auch bestellt, und so konnte gleich dem Gift entgegengearbeitet werden. Ich hatte aber nur eine kleine Portion hinein gethan.«

»Aber, Bertollon, was redest Du da? So wäre ja Deine Frau ganz unschuldig?«

»Das ist gerade das Lustigste an der Sache, und Du hast Dir die Kehle für nichts und wieder nichts wund gemacht Aber trink nur, das heilt wieder! He, es war ein kecker Streich von mir? Meine Frau muß glauben, sie sei rein behext. Denn sie weiß nicht, daß ich zu allen ihren Schränken den besten Dietrich habe.«

»Aber« . . . sagte ich, und das Entsetzen machte mich plötzlich nüchtern.

»Daß davon keine Seele erfährt! Du, Colas, bist mein einziger Vertrauter, siehst Du, und es hätte noch übel ablaufen können! In der Eile stieß ich im Arzneischrank ein Fläschchen roten Liqueurs um, und vergaß, es aufzurichten. Kurzum, Colas, ich bin glücklich! Du sollst es auch sein! Ich schwöre Dir, an dem Tage, wo ich Julien heirate, feierst Du auch Deine Vermählung mit Klementinen. Aber was ist Dir? Du wirst, meiner Seele, ohnmächtig. Nimm da das Wasser! Der Champagner bekommt Dir doch nie!«

Er legte seinen Arm um mich, während er mir mit der andern Hand das Glas reichte. Ich drängte ihn schaudernd zurück. Ich war betäubt von dem, was ich gehört hatte.

»Geh' schlafen!« sagte er.

Ich verließ ihn. Er taumelte mir lachend nach.

15.

Mitternacht war schon längst vorüber; der Morgen nahe. In meine Augen drang kein Schlaf. Ich entkleidete mich nicht einmal, sondern lief in heftiger Bewegung mein Zimmer auf und ab. Welch eine Nacht! Was hatte ich erfahren müssen? Ich konnte noch nicht an ein so scheußliches Verbrechen glauben, wider das sich die Natur sträubt. Ein unschuldiges, tugendhaftes Weib, welches den Gatten nie beleidigt hatte, in Gefangenschaft und lebenslängliche Entehrung zu stürzen! Den Freund zu mißbrauchen, den höllischen Einfall zu verfechten, und die Unschuld mit Foltern grausamer als der Tod zu quälen! –

Der Morgen war angebrochen, und ich war noch immer unentschlossen. Gerettet mußte die Unschuld werden; aber ihre Rettung war der Untergang meines Wohlthäters, meines ersten, meines einzigen Freundes; nur ein Übermaß seiner Liebe zu mir und im Weinrausch hatte ihm das entsetzliche Geständnis entlockt – sollte ich hingehen, ihn zu verraten? Er war der Schöpfer meines Glückes; sollte die Hand, welche von ihm unzählige Almosen empfangen, ihn undankbar in den unermeßlichen Abgrund stürzen? Ach und den ich noch immer liebte, den Einzigen, sollte ich verlieren!

»Unselige Verkettung der Begebenheiten!« seufzte ich. »Warum mußte ich das Werkzeug werden, entweder die Unschuld in Fesseln zu schlagen, oder meinen Wohlthäter zu morden?«

Aber mein Gewissen rief: »Sei gerecht, ehe Du gütig sein willst! Welches auch immer die Folgen unserer Handlungen sein mögen, die wir pflichtmäßig üben – und müßten wir uns selbst zerstören – nichts darf uns zurückhalten, wenn es die Tugend gilt. Stürze immerhin in Deine Armut zurück und gehe einsam und freundlos durch die Welt, nur rette Deine Selbständigkeit und trage in Dir das stille Bewußtsein: Du handeltest, wie Du als ein Gerechter solltest! Es ist ein Gott, sei rein wie er!«

Ich schrieb an den Polizeibeamten des Stadtviertels, sich sogleich wegen höchst dringender Angelegenheit zu mir zu begeben. Er kam. Ich begab mich in Bertollons Zimmer und der Beamte blieb draußen vor der Thür.

Bertollon schlief noch. Ich zitterte. Liebe und Mitleid überwältigten mich. »Bertollon!« seufzte ich und küßte ihn.

Er erwachte. Ich ließ ihn unter gleichgültigen Gesprächen munter werden. »Sage mir,« sprach ich endlich, »ist Deine Frau wirklich unschuldig? Hattest Du wirklich selbst die Essenz vergiftet?«

Er sah mich mit einem stieren, durchbohrenden Blick an und antwortete: »Schweig!«

»Aber, Bertollon, diese Antwort ist ja eine Bestätigung Deiner nächtlichen Aussage. Ich beschwöre Dich, Freund, beruhige mich. Hast Du alles wirklich ausgeführt? Oder wolltest Du mich nur . . .«

Bertollon richtete sich auf und sagte: »Colas, ich hoffe, Du bist gescheit!«

»Aber rede doch! Bertollon, heute wird das Obergericht über Deine Gattin das Urteil fällen! Laß die Unschuld nicht verderben!«

»Bist Du rasend, Colas? Hättest Du Lust, der Verräter Deines Freundes zu werden?«

Indem er dies sagte, oder vielmehr stammelte, sah ich ihn in starker Bewegung. Er war sehr bleich geworden, seine Lippen wurden bläulich, und sein Auge starrte gräßlich vor sich hin. Alles belehrte mich nur zu gewiß, daß er in der Nacht beim Rausche Dinge bekannt, vor denen er jetzt selbst erschrak, da er sich vor mir nicht mehr sicher sah.

Ich legte meine Hand auf seine Achsel und flüsterte ihm ins Ohr: »Bertollon, kleide Dich an, nimm so viel Geld als möglich mit und flieh! Ich sorge für alles andere.«

Mit einem tödlichen Blicke fragte er: »Warum?«

»Flieh! sag' ich, noch ist es Zeit!«

»Warum?« entgegnete er. »Hast Du im Sinn . . . oder vielleicht schon . . .«

»Bei allem, was Dir lieb und heilig ist, fliehe, sage ich!«

Indem ich ihm dies zuflüsterte, sprang er eilends auf, lief unangekleidet im Zimmer umher, als suche er etwas. Ich glaubte, er habe in der Bestürzung vergessen, daß seine Kleider neben dem Bette lagen. Während ich mich bückte, ihm dieselben zu reichen, fiel ein Pistolenschuß und das Blut stürzte über meine Brust herab.

Die Thür sprang auf, der Polizeibeamte trat erschrocken herein. Bertollon, in der einen Hand die abgefeuerte Pistole, in der andern eine zweite, sah erstarrt die unerwartete Erscheinung.

»Verruchter Hund!« schrie er mir mit der verzerrten Geberde der Verzweiflung zu, und schleuderte mir die abgeschossene Pistole mit Wut gegen den Kopf. Von neuem fiel ein Schuß. Bertollon hatte sich erschossen. Er taumelte auf mich zu. Ich fing ihn in meinen Armen auf. Sein Haupt war zerschmettert.

Meine Sinne schwanden. Ich sank zu Boden und erwachte erst wieder auf meinem Zimmer unter der Geschäftigkeit der Ärzte und Bedienten. Meine Wunde, unter der linken Schulter, war untersucht, verbunden und ohne alle Gefahr.

Alles war in großer Bestürzung. Mehrere von Bertollons Freunden standen vor mir. Jeder bestürmte mich mit Fragen. Ich machte mich von ihnen los, und sobald ich mich erholt, warf ich frische Kleider über und bestellte eine Sänfte, um nach dem Vernehmungsort des Obergerichts getragen zu werden. Bertollons Selbstmord war inzwischen stadtkundig geworden. Eine ungeheure Menge Volks umwogte das Haus. Sobald man erfuhr, daß ich mich ins Gericht begeben würde, folgte der neugierige Haufe meiner Sänfte nach. Schon war in einer geheimen Sitzung des Gerichts das Urteil über Madame Bertollon gefällt worden. In eben dem Augenblick, als sie in den Saal geführt wurde, um dasselbe vor dem versammelten Volke anzuhören, traf auch ich daselbst ein. Ich bat, angehört zu werden, weil ich wichtige Entdeckungen zu eröffnen habe. Die Erlaubnis zu reden ward mir erteilt. Eine Stille ging durch den weiten Saal, als wäre das Leben aus jeder Brust gewichen.

»Ihr Richter,« sprach ich, »einst stand ich hier als ein Ankläger der Unschuld! Ich komme, sie zu retten, und ihr den gebührenden Triumph zu bereiten. Ich war getäuscht vom Schein der Umstände; getäuscht, gemißbraucht von meinem Freunde, und der Teilnehmer an einer Grausamkeit, ohne es zu wissen. Die Unglückliche, deren Urteil Ihr sprechen wollet, ist keiner Missethat schuldig!«

Ich erzählte nun umständlich die Geschichte der vergangenen Nacht; erzählte den Selbstmord Bertollons und seinen Versuch, mir das Leben zu rauben. Neben mir stand der Polizeibeamte als Zeuge, und der lahme Jacques, welcher sich erinnerte, den Herrn Bertollon am Abend vor der Vergiftungsszene aus dem Zimmer seiner Gemahlin mit einer brennenden Kerze kommen gesehen zu haben.

Eine solche Auflösung des Rechtshandels, in welchem ich anfänglich über meinen Gegner, Herrn Menard, einen so glänzenden Sieg davon getragen hatte, und der meinen Ruf im ganzen Lande begründen sollte, hatte niemand erwartet. Während meiner Rede malten sich Erstaunen und Grausen in allen Gesichtern umher. Als ich aber schwieg, entstand ein Gemurmel, und das Gemurmel ward zum lauten Jauchzen. Das Volk rief meinen Namen mit schwärmerischer Freude, und die Augen der Umstehenden waren mit Thränen gefüllt.

Es war an keine Ordnung im Saale mehr zu denken. Ohnmächtig war Madame Bertollon unter den Glückwünschen der sie Umringenden hingesunken. Der Unterstatthalter der Provinz, welchen Zufall oder Neugier heute in den Gerichtssaal geführt hatte, ein Verwandter des Marschalls Montreval, stieg von seinem erhobenen Sitz und umarmte mich öffentlich. Herr Menard folgte seinem Beispiel, unter dem Zujauchzen des entzückten Volkes.

Ich ließ mich zu Madame Bertollon führen. Meine Kniee brachen. Ich sank entkräftet vor ihr nieder, und drückte meine nassen Augen auf ihre Hand.

»Können Sie mir verzeihen?« stammelte ich.

Mit einem Blick voll unaussprechlicher Liebe, mit einem himmlischen Lächeln sah sie auf mich nieder.

»Alamontade!« seufzte sie leise und Thränen verhinderten sie, mehr zu sagen.

Die Sitzung des Gerichts mußte aufgehoben werden. Die Richter umarmten mich. Vergebens wünschte ich zu Madame Bertollon zurück zu kommen. Das Getümmel war zu groß. Man führte mich durch die gedrängte Menschenmasse, welche mich mit Ehrenbezeugungen überhäufte, die Stufen des Gerichtsgebäudes hinab.

Im Begriff, in die Sänfte zu steigen, ward ich von einem jungen, wohlgekleideten Manne angehalten.

»Sie können, mein Herr,« sagte er, »unmöglich mit angenehmen Empfindungen in das Haus zurückkehren, das noch den Leichnam eines Selbstmörders beherbergt und Sie allenthalben an die schrecklichen Ereignisse erinnern muß. Gewähren Sie mir die Ehre, ich bitte Sie, mein Herr, Sie wenigstens einstweilen in meinem Hause bewirten zu dürfen!«

Diese, mit so herzlicher Innigkeit gemachte Einladung kam mir unerwartet. Dem jungen Manne glänzten noch die Thränen in den Augen. Er bat so anhaltend, daß ichs nicht mehr ablehnen konnte. Er drückte mir mit freudiger Dankbarkeit die Hand, gab den Sänfteträgern einen Befehl und verschwand.

Immer vom Volk mit Freudengeschrei durch die Straßen der Stadt begleitet, langte ich endlich, aber sehr langsam, vor dem Hause meines unbekannten Freundes an. Ich bemerkte nun, daß es in der Nachbarschaft von Bertollons Hause, und in der Straße war, worin Klementine wohnte, was mir, so verwirrt und betäubt ich auch war, keine unangenehme Entdeckung sein konnte.

An der Treppe im Innern des Hauses ward die Sänfte geöffnet. Der freundliche Unbekannte erwartete mich schon. Ich sah mich in einem großen, prachtvollen Gebäude; zwei Bediente führten mich die Marmortreppe hinauf.

Eine Flügeltür ward geöffnet. Einige Damen traten ein, mir entgegen. Die Älteste derselben redete mich an:»Ich bin meinem Neffen sehr verbunden, daß er mir die Ehre verschafft, den edelmütigen Retter der Unschuld in meiner Wohnung zu sehen.«

Wer schildert meine Bestürzung! Es war Madame de Sonnes, und Klementine trat hinter ihrer Mutter hervor. Ich wollte auf die mir gesagten Artigkeiten eine Erwiderung stammeln, allein ich war allzu entkräftet. Der Blutverlust am Morgen nach einer traurig durchwachten Nacht, und der Wechsel der allerfremdartigsten und heftigsten Empfindungen, deren Beute ich bisher gewesen, hatten mich gänzlich erschöpft. Klementinens Erscheinung machte mich sprachlos. Ich sah nur sie, bis Gestalten und Farben vor meinem brechenden Auge in ein verworrenes Dunkel zusammenflossen.

Mehrere Wochen lang mußte ich Bett und Zimmer hüten. Mit den Schmerzen meiner Wunde hatte sich ein Fieber verbunden. Der junge Herr de Sonnes verließ mich nie; er hatte meine wenige Habe aus dem Bertollonschen Hause herbeischaffen lassen . . . auch die Harfe. Aber der Kranz fehlte. Man wußte ja nicht, welchen Wert er für mich hatte!

Unterdessen war Madame Bertollon freigesprochen worden. Herr de Sonnes erzählte mir, daß die schöne Unglückliche sogleich von Montpellier abgereist und in ein entferntes Kloster gegangen sei. Dabei überreichte er mir einen Brief, der durch Einschluß an Madame de Sonnes für mich angekommen war.

»Wahrscheinlich wird Madame Bertollon ihrem Erretter danken!« sagte er.

Ich nahm den Brief mit zitternder Hand. Sobald ich allein war, las ich ihn. Er hat mich seitdem durch all mein Wohl und Weh begleitet. Hier ist er:

Abtei St. G** zu B*. Den 11. Mai 1702.

Leben Sie wohl, Alamontade! Diese Zeilen, die ersten, die ich einem Manne schreibe, werden auch die letzten sein. Ich habe das stürmische Leben der Welt verlassen; die feierliche Stille geweihter Mauern umgiebt mich, ich habe mich ohne Mühe von allem, was mir einst lieb und unentbehrlich war, losmachen können; ich habe nichts aus der Welt genommen als die Wunden, die sie mir schlug.

Ach, hätte ich auch diese Wunden und mein Gedächtnis dort draußen lassen können! Sie bleiben mir aber, um den letzten meiner Freunde, den Tod, desto reizender zu machen.

In der Blüte meines Lebens umweht mich der schwarze Witwenschleier; ich zeige den Menschen damit eine Trauer, die ich nicht fühle, und verberge damit eine andere, die mich erdrückt. Ja, Alamontade, ich erröte nicht, es noch jetzt, aus dieser heiligen Stätte, zu bekennen, was ich Ihnen nicht verhehlen konnte, daß ich Sie liebte! Sie wußten es, Sie wissen es – ach, und Sie waren es, der den Dolch wider das Herz zücken konnte, das auf Erden nur für Sie allein schlug. O Mann, Sie haben mich belogen! Sie haben mich nie geliebt! Nicht daß mein unglücklicher Gemahl mich des schwärzesten Verbrechens zeihen wollte, hat mich betrübt – nein, daß Alamontade mich schuldig glauben, mein Ankläger werden konnte, er, für den ich freudig gestorben sein würde, das hat die Hoffnungen meines Lebens vernichtet!

Doch nein! Kein Vorwurf! Edler, treuer und noch immer geliebter Mann, Du warst schuldlos! Geblendet vom Schein, brachtest Du der Freundschaft und der Gerechtigkeit Deine Neigung zum Opfer. Du wolltest lieber unglücklich als undankbar sein. Ich fühlte es wohl, die Gattin eines andern durfte Dich nicht lieben, und ich mit meiner sündigen Liebe war Deines reinen Herzens nie wert.

Ich fühlte es immer, und immer begann ich mit allzu schwachen Kräften den Kampf gegen meine Leidenschaft. Elender war kein Wesen, als ich, und jeder Deiner Blicke, jeder Deiner Küsse erhöhten noch die Glut in mir, anstatt sie zu dämpfen. In einem Augenblick stiller Verzweiflung wollte ich der Gefahr, meine Tugend einzubüßen, den freiwilligen Tod vorziehen. Damals ward das Gift geholt. Ich hatte es mir bestimmt, weil ich Dich zu heftig liebte. Hier, Mann, hast Du das Geheimnis, welches die Scham mir verwehrte unter den Folter zu bekennen! Ach! Unglücklicher, mußtest Du es sein, der vor den Richtern mich darum befragte?

Du hast mich nie geliebt! Meine Entfernung wird Dich nie betrüben. Ich hatte mich selbst getäuscht, und muß für die Hingebung meines arglosen Herzens leiden. Die Welt beklagt mich, aber ihre Klage läßt mich ohne Trost, und selbst Dein Mitleiden, o Freund, kann meinen Schmerz nur erhöhen, statt ihn zu lindern!

Hier in diesen Klostermauern sehe ich das Ziel meiner kurzen Wallfahrt; die Linde vor dem Gitterfenster meiner Zelle verbreitet ihren Schatten auf das kleine Plätzchen, welches mein Grabhügel bedecken soll. Siehe da meinen Trost!

Ach, wie traurig ist es, so einsam in der Welt dazustehen! Und einsam bin ich, denn mich liebt keiner. Meine Freundinnen haben mich schon in ihren fröhlichen Kreisen vergessen, meine Thränen stören ihre Lustbarkeiten nicht. Ich verblühe, wie die vereinzelte Blume im Gebirge, unbekannt und ungesehen: sie gab und empfing keine Freude, ihr Verschwinden läßt keine Spur zurück.

Und Du, den ich einzig geliebt habe, empfange diese Zeilen, unsern Scheidebrief. Ein brechendes Wort hauchte die Worte; eine sterbende Hand schrieb sie – ich vollzog meine letzte Pflicht. Unterbrich meine Ruhe durch keine Antwort! Ich nehme keinen Brief an und will Dich selbst nicht sehen! Ich will zu Gott flehen für Dein Glück; ich will meinen letzten Seufzer Dir weihen, und mit dem Gedanken an Dich soll mich der Tod ins bessere Leben leiten!

Amalie Bertollon.

Und nie sah ich die Edle wieder. Mit ihrer Tugend im Herzen sank sie unter. Nie vergaß ich sie. Oft weinte ich bei ihrem Andenken.

16.

Inzwischen hatten Madame de Sonnes und Klementine mich während meiner Krankheit oft besucht. Nicht wie einem Fremdling, sondern wie einem Bruder oder Blutsverwandten begegneten sie mir.

Madame de Sonnes war eine sehr edle Frau, von lebhaftem Geist und feiner Erziehung. Sie schien nicht für sich, sondern nur für andere zu leben. Immer nur darauf bedacht, andern Freude zu machen, andern Dienste zu erweisen, wußte sie es so einzurichten, daß die, welche durch sie beglückt zu werden nicht verschmähten, ihre eigenen Wohlthäter zu sein schienen.

Ihrer ganz würdig war Klementine, der Stolz ihres Geschlechts. Harmlose Unschuld und immerwährender Frohsinn waren ihr Wesen. Niemand konnte sich ihr nahen, ohne sie zu lieben. So schön hatte ich sie nie gesehen, nie geglaubt. Ihr Lächeln war begeisternd, ihr Blick sprach zum Herzen; die Anmut ihres Wesens war ideal. Vor allen ihren Freundinnen war sie durch so viel Liebenswürdigkeit ausgezeichnet, daß man immer nur sie bewunderte. Und von allen war sie die Bescheidenste; sie wußte von ihren eigenen Vorzügen nichts, und geriet in Entzücken, wenn sie dieselben an andern bemerkte. Man hätte wetten mögen, sie habe sich selbst noch in keinem Spiegel gesehen.

Seitdem ich im Hause war, spielte sie die Harfe nicht mehr; sie war schüchterner als jemals in der Ferne; sie kam seltener zu mir als alle andern im Hause; sie sprach weniger mit mir als mit jedem andern, und doch sorgte sie am eifrigsten für mich; doch forschte sie am emsigsten nach meinen kleinen Wünschen, und in ihren Augen lächelte mir Freundschaft.

Indem meine Liebe so zur unbesiegbaren Leidenschaft heranwuchs, wurden mir aber auch die tausend Hindernisse immer klarer, welche mir alle Hoffnung raubten, jemals durch sie glücklich zu werden. Ich war arm, und besaß nichts als einen guten Ruf, und das Vertrauen aller Redlichen. Wie wenig ist das in der großen Welt! Ich hatte zwar im Bertollon'schen Prozeß ein so allgemeines Ansehen gewonnen, daß die Zahl meiner Klienten täglich größer ward; allein wie lange hatte ich zu arbeiten, bis ich mir ein Vermögen erworben haben konnte, mit dem ich es wagen durfte, mich Klementinen zu nähern?

Und täglich sah ich das holde Wesen, in ihrem Zimmer, in ihrem Garten, bald einsam, bald in Gesellschaften. Ach! sie konnte es wissen, wie sehr ich sie liebte! Mein Schweigen und mein Reden, mein Kommen und mein Gehen waren lauter Verräter meines Herzens.

Immer beklommener, immer unruhiger ward ich mit jedem Tage. Nichts blieb mir übrig, als die Entfernung von ihr, um nicht namenlos unglücklich zu werden. Ich entschloß mich schnell zur Ausführung, mietete eine Wohnung und entdeckte Herrn de Sonnes meine Absicht.

Er und seine Tante widersetzten sich vergebens; ich blieb standhaft gegen ihre Wünsche und Bitten. Nur Klementine erschien nicht und bat nicht, aber sie ward ernster und, wie ich zu bemerken glaubte, trauriger.

»Sie sind sehr grausam!« sagte eines Tages Madame de Sonnes zu mir. »Was haben wir Ihnen Leides gethan, daß Sie uns so betrüben wollen? Sie nehmen den Frieden unseres sonst so glücklichen Hauses mit sich. Wir lieben Sie alle. Verlassen Sie uns nicht, ich beschwöre Sie!«

Alle Ursachen, welche ich vorgab, um meine Entfernung zu rechtfertigen, reichten nicht aus, Madame de Sonnes zu beruhigen. Die einzige und die wichtigste durfte ich ihr freilich nicht entdecken. Sie sah in meinen Weigerungen nur hartnäckigen Eigensinn.

»Wohlan!« sagte sie endlich. »Wir müssen uns wohl in Ihren Willen ergeben. Wir sind Ihnen gleichgültiger, als ich glaubte. Warum ist es nicht allen Menschen gegeben, die Freundschaft im Herzen nie tiefer wurzeln zu lassen als es eben nötig ist, um sie zu jeder Stunde, ohne Schmerz, wieder ausreißen zu können? . . . Klementine wird eben darum einst sehr unglücklich sein. Ich zittere, daß sie mir erkrankt.«

Diese Worte trafen mich hart. Ich ward blaß und zitterte. »Klementine!« stammelte ich. »Erkranken?

»Kommen Sie mit mir in mein Zimmer!« sagte Madame de Sonnes, ohne zu ahnen, was in mir vorging.

Wir gingen. Sie öffnete die Thür und sagte zu ihrer Tochter: »Er will nicht. Überrede Du ihn!« Sie ließ uns allein, und ich näherte mich Klementinen.

O welch ein Bild schöner Wehmut! Nie wird es in meinem Gedächtnis erlöschen. Die Schrecken eines endlosen Elends, welche mich in fremden Weltgegenden umgaben, konnten dem Andenken seinen Zauber und seine Frische nicht rauben. Da saß sie, in ihrem einfachen Hausgewande, reizend wie ein Engel des Paradieses, und die welkende Blüte blauen Flieders in ihrem Haare sah zwischen dem einfachen Schleier, der es umhüllte, hervor, als sollte sie das Sinnbild dessen sein, was sie am meisten bedurfte, des Schlummers – der Ruhe.

Und als ich nun zu ihr trat, sah sie auf, und ihre freundlichen Augen lächelten mich unter Thränen an. Ich nahm ihre Hand, kniete vor ihr nieder, und seufzte: »Klementine!«

Sie schwieg und lächelte nicht mehr.

»Fordern Sie auch daß ich bleiben soll? Gebieten Sie nur, und ich will ja gern gehorchen, und würde ich auch noch unglücklicher.«

»Noch unglücklicher?« entgegnete sie, und blickte mich fragend an. »Sind Sie denn bei uns unglücklich?«

»Das wissen Sie nicht! Sie wollen nur Glück um sich verbreiten. Aber, Klementine, Sie gewöhnen mich zu früh an den Himmel. Wenn ich nun einmal früher oder später . . . dies alles, Ihren Umgang . . . verlieren sollte, Klementine, und es könnte doch die Zeit kommen . . . wie stände es dann um mich?« sagte ich, indem ich ihre Hand an mein laut pochendes Herz zog.

»Trennen Sie sich nie von uns, so verlieren wir uns ja nicht!« antwortete sie.

»Wollte Gott, daß ich mich nie von Ihnen trennen dürfte als im Tode!« rief ich.

Sie sah gen Himmel, seufzte, bog sich über mich, und von ihrer Wange fiel eine heiße Thräne auf meine Hand.

»Zweifeln Sie an der Dauer meiner Freundschaft?« fragte sie.

»Habe ich ein Recht auf Ihre Freundschaft, Klementine? Und dies schöne Herz, ach! wird es nicht einst für einen andern lauter schlagen müssen als für mich? Und dann, Klementine, dann?«

»Nie, Alamontade!« antwortete sie, stand schnell auf, und wandte sich ab, mit einem Antlitz, welches eine sanfte Röte überzog. Ich erhob mich. Ein unnennbares Entzücken berauschte mich. Ich zog sie in meine Arme. Ihr Busen flog im Sturme des Gefühls. Ihre Wangen glühten. Ihr Blick nannte mir das Wort, welches ihre Lippen nicht zu sprechen wagten.

Unsere Seelen verschwisterten sich, und schlossen den ewigen Bund. Ein zitternder Seufzer war unser Schwur. Die Welt schwand um uns, wie ein Schatten. Im Kusse wechselten wir Leben um Leben.

O, welche Seligkeit hat die Güte des unendlichen Weltordners selbst dem Staube gewährt, und wie sehr dem Geiste das Los versüßt, mit dem Irdischen vermählt zu sein!

Als wir aus der heiligen Trunkenheit erwachten, und ich Klementinens Namen lallen und sie mir den meinigen zulispeln konnte, war rings umher die Natur wie verwandelt, und alles nicht mehr die vorige Welt. Feierlich und schöner prangte alles; das tote Zimmer glich einem Tempel, und ein holder Geist sprach aus allem, vom Gemälde bis zum Teppich. Das Flüstern der Zweige vom Garten war bedeutungsvoll, und in dem gaukelnden Schatten des Laubes lag ein geheimer lieblicher Sinn.

»Ich bleibe!« rief ich.

»Und ewig!« setzte sie hinzu.

17.

Einige Stunden nachher sah ich Madame de Sonnes. Eine stille Furcht wandelte mich an. Sie ging mir lachend entgegen und sagte: »Was haben Sie aus Klementinen gemacht? Sie ist begeistert; sie spricht in Versen; sie geht nicht mehr, sie schwebt, wie beflügelt! . . . Und wie, Alamontade, warum erröten Sie? Ich weiß Ihnen Dank . . . aber, wie soll ich danken?«

Indem sie dies sprach, nahm sie mich in ihren Arm und küßte mich.

»Sie sind ein guter Mensch!« fuhr sie fort. »Ich kannte wohl die geheimen Gründe, warum Sie uns verlassen wollten.«

»Madame!« stammelte ich immer verwirrter.

»Ich glaube, Sie möchten gern noch läugnen, wenn Sie könnten!« sagte sie in scherzhaftem Tone. »Ich stand neben Euch Beiden, als Ihr in der Fülle Eures Glücks die ganze Welt vergaßet, selbst mich, und da fühlte ich wohl, daß ich bei Eurer Verlobung sehr überflüssig sei. Meine Tochter lebt nur für Sie ... machen Sie sie glücklich, dann bin ich es auch.«

Welch eine Frau! Ich sank zu ihren Füßen und küßte ihre gütige Hand, ohne ein Wort hervorbringen zu können.

»Nicht doch!« sagte sie. »Ein Sohn kniet nicht vor der Mutter.«

»Madame,« rief ich, »Sie geben mehr, als die verwegenste Hoffnung ...«

»Ich gebe nichts!« entgegnete sie. »Nein, mein Lieber, Sie sind es, der uns den Frieden giebt. Ich bin zwar Mutter, aber ohne Recht über meiner Tochter Herz. Klementine kennt Sie schon länger als ich. Um Ihretwillen schlug sie manche Hand aus. Sie hoffte nur auf Sie. Klementinens Glück zu befestigen, ist meine Pflicht. Ich lernte Sie nun auch näher kennen und segne Klementinens Wahl.«

»Es ist zuviel!« rief ich. »Mein Entschluß war es freilich, einst, wenn ich mir Vermögen genug ... ich bin arm, Madame ...«

»Was thut das Vermögen zur Sache?« antwortete die edle Frau. »Sie haben ein anständiges Auskommen, und Klementine, ohnehin schon begütert, ist meine Erbin. Daß Sie Klementinen ohne Rücksicht auf Reichtum lieben, war mir wohl bekannt! Und wahrlich, das Mädchen hat inneren Wert genug, um seiner selbst willen geliebt zu werden! Ihr Zartgefühl, mein Lieber, bleibt aber unverletzt. Konnten Sie Klementinens Herz bekehren und nehmen, wahrlich, so dürfen Sie nicht erröten, wenn sie Ihnen eine reiche Aussteuer zubringt! Das Herz, welches Sie beherrschen, ist mehr wert als das elende Geld, bei dem Sie, als dem Zuviel, Bedenklichkeit empfinden. Meine Tochter kann nicht glücklicher werden, wenn sie eine

Million heiratet, an die ein ungeliebter Mann geknüpft ist; sie wird es nur durch den Geist, durch den Edelsinn, durch die treue Liebe, durch die Sorgfalt des Geliebten um sie.«

»Und?« . . . sagte Klementine, indem sie in ihrer reizenden Unschuld hereinschwebte, meine Hand nahm und ihrer edlen Mutter freundlich ins Auge sah.

»Du hast wohl gewählt!« sagte Madame de Sonnes, indem sie uns beide umarmte. »Du sorgst immer für das Glück Deiner Mutter mehr als für Dich.«

18.

Klementine war meine Verlobte. Die ganze Familie trug mich auf Händen. Ich war im Palast de Sonnes der geliebte Sohn. Die Achtung der ganzen Stadt wurde mir zuteil. Ich hatte mein höchstes Ziel errungen, und es würde ermüdend sein, wenn ich die Mannigfaltigkeiten meiner Freuden ausmalen wollte.

Ich eilte auf einige Tage nach Nismes zum Marschall, infolge seines Befehls.

»Kommen Sie zu mir,« sagte er, »und nehmen Sie die erste Stelle in der Kanzlei des Gouvernements an! Doch eine Bedingung muß ich hinzufügen: Sie dürfen nirgends anders als in meinem Schlosse wohnen. Ich muß Sie täglich sehen! Meiner Geschäfte sind viele und Ihr Rat ist mir zu wichtig.«

Ich dankte dem Marschall für die ehrenvollen Gnadenbezeugungen. Ich bat nur um Bedenkzeit, eine Stelle anzunehmen, deren Wichtigkeit meine Kenntnisse nicht gewachsen waren.

Mein Oheim und die liebenswürdige Familie, in deren Kreis nur eine Tochter fehlte, die verheiratet war, und alle seine Freunde, die sämtlich geheime Protestanten waren, ließen nicht ab, mir die dringendsten Vorstellungen zu machen. Ich mußte halb und halb geloben, die Stelle anzunehmen. Es war mir nur noch darum zu thun, den Wunsch Klementinens und ihrer Mutter zu erforschen. Beide aber, sobald ich sie mit dem Antrage des Marschalls bekannt gemacht hatte, stimmten sogleich dafür, daß ich mir nicht die Gelegenheit entgehen lassen dürfe, einen größeren Wirkungskreis für mich zu gewinnen. »Und wir begleiten Sie nach Nismes!« sagte Klementine.

Und so geschah es. Wir reisten mit einander nach Nismes. Ich trat meine Stelle an, und in Klementinens Armen durfte ich von den Geschäften ausruhen.

19.

Der Marschall von Montreval behandelte mich in den ersten Monaten mit ausgezeichneter Gnade, aber nie konnte ich mir's abgewinnen, ihm mit Vertraulichkeit zu begegnen oder seine gütigen Gesinnungen mit einiger Herzlichkeit zu erwidern. Sein freundliches Wesen hatte etwas Fürchterliches, sein Lächeln immer etwas Drohendes an sich.

Ich ward gewahr, wie wenig Gutes ich unter den obwaltenden Verhältnissen überhaupt wirken konnte, und wie schädlich hingegen meine Gegenwart in Nismes, mein Amt und der Wahn von meinem Einfluß den Anhängern Calvins werden mußte, die sich mit allzu großem Vertrauen auf mich stützten. Dies bewog mich zu dem Entschluß, meine Entlassung zu begehren.

Es war am Palmsonntage des Jahres 1703. Der Marschall, welcher vor kurzem von Montpellier zurückgekommen war, hatte mich zu einem festlichen Schmause im Schlosse eingeladen. Mir war nicht wohl, doch beschloß ich dahin zu gehen.

»Und morgen verlang ich meine Entlassung,« sagte ich lächelnd des Morgens zu Klementinen, »mag auch die Mutter dagegen einwenden, was sie will, morgen geschieht's! Und dann, Klementine, nicht länger unsere Verbindung am Altare verzögert! Also in acht Tagen bist Du meine Gattin.«

So ward es beschlossen und mit einem Kuß besiegelt.

Da rief man mich von ihr hinweg. Ich ging hinaus. Mein Oheim, Herr Etienne, war gekommen; er begehrte eine geheime Unterredung mit mir in meinem Zimmer.

»Colas,« sagte er, »heute ist Palmsonntag. Du mußt mit mir kommen!« – »Unmöglich kann ich das,« war meine Antwort, »denn ich bin beim Marschall zum Essen geladen.«

»Und ich,« sagte er mit feierlicher Stimme, »und ich lade Dich zum heiligen Abendmahl ein! Kein Großer dieser Erde wird dort mit uns zu Tische sitzen, aber wir sind daselbst in Jesu Namen versammelt, und er wird mitten unter uns sein. Wir alle, einige Hundert mit Weib und Kindern, feiern diesen Morgen das heilige Abendmahl in meiner Mühle beim Karmeliterthor.«

»Welche Verwegenheit?« rief ich. »Wisset Ihr nicht, daß der Marschall in Nismes ist?«

»Wir wissen es, und der allmächtige Gott ist auch da!«

»Wollt Ihr Euch denn mit Vorsatz in Elend und Kerker stürzen? Das Gesetz verbietet auf's Strengste alle Versammlungen dieser Art. Es drohet mit dem Tode.«

»Welches Gesetz? Das Gesetz des sterblichen Königs? Du sollst Gott mehr gehorchen denn den Menschen!«

So wußte mein Oheim jede meiner Einwendungen mit biblischen Sprüchen zu beseitigen, je mehr ich das Unerlaubte und Gefährliche solcher Zusammenkünfte einsah, je lebhafter ich ihm die möglichen Folgen davon schilderte, desto eifriger ward mein Oheim. Er hieß mich einen Abtrünnigen, einen Heuchler, einen Papisten und verließ mich im Zorn.

Ich kehrte zu Klementinen zurück. Sie hatte meinen Oheim und Verdruß in allen seinen Geberden gesehen. Sie forschte nach den Ursachen; ich wagte nicht, sie ihr zu entdecken. Unter ihren unschuldigen Liebkosungen verlor sich allmälich meine Furcht und Unruhe. Sie erzählte mir von der Einwilligung ihrer Mutter in alle meine Wünsche. Dies erheiterte mich noch mehr. An Klementinens Busen schwärmte ich vom Glück der stillen Zukunft.

Da trat mein Bedienter herein, bleich wie die Wand und atemlos.

»Herr,« stammelte er, »die Hugenotten sind draußen am Karmeliterthor in der Mühle des Herrn Etienne zum verbotenen Gottesdienste . . .«

Ich erschrak heftig. Also war's verraten. »Und weiter?« rief ich.

»Die Mühle ist von Dragonern umringt. Alle drinnen sind gefangen. Denken Sie nur, der Herr Marschall von Montreval ist daselbst in eigener Person. Der Prediger und noch andere von den eingeschlossenen Ketzern wollten sich durchs Fenster retten; da winkte der Marschall und die Dragoner gaben Feuer.«

»Gaben Feuer?« schrie ich »Wurde einer getötet?«

»Ihrer vier liegen tot auf dem Platze!« antwortete der Bediente.

Ohne weiter zu fragen, ergriff ich Stock und Hut.

Ich kam vor's Thor. Ungestüm drängte ich mich durch das in ungeheurer Zahl zusammenströmende Volk, welches mit brennender Neugier, und mit Schaudern, Freude und Erwartung, Kopf an Kopf, gaffend dastand.

Kalt vor Entsetzen sah ich über die Menge die blitzenden Gewehre der Dragoner emporragen, welche in dreifachen Reihen die Mühle meines lieben Oheims umstellt hatten. Erhaben über alle, auf seinem Pferde, von einigen vornehmen Herren umringt, sah ich den Marschall von Montreval.

Er wandte sich um, sah mich an, und indem er mit dem Krückstock auf die Mühle zeigte, sagte er, ohne eine Miene zu verändern: »Die Elenden! Nun sind sie ertappt!«

»Was denken Sie zu thun, gnädigster Herr?« fragte ich.

»Darüber sinne ich schon seit einer Viertelstunde nach.«

»Seien Sie großmütig, gnädigster Herr, und die Irrenden werden reuig zu Ihren Füßen sinken und nie wieder . . .«

»Was?« unterbrach mich der Marschall. »Die Menschen sind unbekehrbar! Rebellen sind sie, wütige, tollkühne Rebellen.«

»Nein, gnädigster Herr,« sagte ich und ergriff flehend des Marschalls herabhängende Hand, »Sie sind allzu gerecht, als daß Sie diesen Unglücklichen dort eine Greueltat anrechnen könnten, die vor beinahe anderthalbhundert Jahren geschehen ist!«

»Es ist Zeit, ein warnendes Beispiel aufzustellen« sagte der Marschall, welcher bisher unentschlossen gewesen. Er entzog mir seine Hand, ritt einige Schritte vor, ohne auf mich zu achten, und rief mit lauter Stimme: »Steckt die Mühle in Brand!«

Halb erstarrt wankte ich ihm nach. Ich ergriff die Zügel seines Pferdes und schrie: »Um Gotteswillen, Barmherzigkeit!«

Ich hörte das Rasseln und Knistern der Flamme, sah die dicken Rauchwolken sich über das Dach der Mühle wälzen, und hörte das dumpfe Zetergeschrei der Eingesperrten.

Bald verklang meine Stimme unter dem wilden Getöse weit umher, unter dem kläglichen Geschrei der dem Tode Geweihten, und unter dem Donner der Flinten. Was den Flammen entrinnen wollte, wurde von den Dragonern niedergeschossen.

Da raffte ich mich auf und stürzte zur Mühle hin. In demselben Augenblicke warf sich ein Mädchen aus dem Fenster. Ich fing es auf. Es war Antonie, meines Oheims jüngste Tochter.

»Der Hund!« schrie der Marschall. »Ich sagt's doch immer, er sei einer von ihnen!«

»Nieder mit ihr!« brüllte er wieder. Zwei Dragoner rissen mir die ohnmächtige Antonie aus den Armen, und indem sie am Boden lag, erschossen die Henkersknechte das unschuldige Geschöpf zu meinen Füßen.

»O Du abscheuliches Ungeheuer! Wie willst Du diese That verantworten vor Deinem und unserm König, vor Deinem und unserm Gott?« schrie ich.

Er sprengte gegen mich, gab mir einen Stockstreich über den Kopf und ritt mich nieder. Ich glaubte im Taumel, er habe Befehl gegeben, mich umzubringen. Ich raffte mich auf, riß einem Dragoner die Flinte vom Arm, um mein Leben zu schützen. Niemand wagte sich an mich, ungeachtet der Marschall mehrmals hintereinander schrie: »Packt ihn! Packt ihn!«

Indem ich wild um mich her sah, erblickte ich – o entsetzliches Schauspiel! – über Antoniens Leiche meinen Oheim, Herrn Etienne, mit blutigem Haupte. Ich erkannte ihn nur noch an der Gestalt und an den Kleidern. Er stieß einen schrecklichen Schrei gen Himmel aus und sank unter Flintenschüssen über dem Leichnam seines geliebten Kindes zusammen.

Ich wollte zum Marschall reden, aber meine Zunge war gelähmt! Ich hob nur die Augen und den Arm mit der Flinte gen Himmel. Da fühlte ich mich getroffen und sank in dumpfe Empfindungslosigkeit nieder.

20.

Als ich wieder zu helleren Vorstellungen genesen war und die Dinge um mich her deutlicher erkannte, sah ich mich unter fremden Händen und mein verwundeter Kopf war verbunden.

»Wo bin ich denn?« fragte ich. Ich erinnerte mich nun erst des unglücklichen Ereignisses wieder, dem ich wahrscheinlich mein Hiersein zu danken hatte. »Bin ich denn ein Gefangener?«

»Allerdings, und das von Rechtswegen!« antwortete mein Wärter.

»Weiß Madame de Sonnes davon? Hat sie nicht hergesandt?«

»Kennst Du die Leute hier? Wo wohnt sie?«

»In der Martinsgasse, im Hause Albertas.«

»Du Narr! In ganz Marseille ist keine Martinsgasse.«

»In Marseille? Wie? Seit wann bin ich hier?«

»Es mögen drei Wochen sein, Du armer Teufel. Ich glaube es wohl, daß Du nicht drum weißt. Hast bis gestern Nacht in hitzigen Fiebern gerast.«

»Was soll ich hier in Marseille?«

»Wenn Du gesund bist, ziehst Du da den Kittel an.«

»Das ist ein Galeerenkittel. Wieso denn? Sagt mir doch, bin ich denn . . . ich will, ich kann nicht glauben . . . hat man mich verurteilt?«

»Wahrscheinlich! Wie man sagt, nur für neunundzwanzig Jahre an die Ruderbank.«

Der Kerl sprach leider nur zu wahr. Sobald ich genesen war, eröffnete man mir das schreckliche Urteil. Wegen ausgestoßener Drohungen und mörderischen Angriffs auf das Leben des Marschalls von Montreval, ungerechnet, daß ich erwiesenermaßen ein geheimer Protestant sei und zum besten der Ketzer in der Kanzlei und wo ich vermöge Amtes Einfluß gehabt manchen Unterschleif begangen hätte, war ich zu neunundzwanzigjähriger Galeerenstrafe verdammt worden.

Ich seufzte, doch im stolzen Gefühl meiner Unschuld zog ich ohne Schmerz den Sklavenkittel an. Meine Thränen flossen nur dem Schicksale Klementinens. Ich bemühte mich, ihr einige Zeilen zukommen zu lassen. Mit einer geborgten Bleifeder schrieb ich ihr auf einem halb zerrissenen Blättchen meinen Abschied. Ach, ich war zu arm, meinen Wächter zu bestechen! Er nahm meinen Brief, las ihn, und riß ihn lachend durch, indem er sagte: »Hier ist keine Post zu Liebesbriefen!«

Man legte mir die Ketten an, und führte mich, nebst andern Unglücksgefährten, zum Hafen und auf die mir bestimmte Galeere.

So sind nun neunundzwanzig Jahre vergangen! Was sind sie?

Der Tod, mein oft, mein heiß ersehnter Freund, kommt mich zu erlösen. Ach, mein Herr, und Sie haben die Barmherzigkeit für mich gehabt, die letzten meiner Stunden noch angenehm zu machen! Unsere Geister sind verwandt, und berühren sich vielleicht wieder.

21.

Hier legte der Abbé Dillon sein Heft nieder. »Dies waren Alamontades Schicksale!« sagte er.

Wir schwiegen. Unsere Seelen waren allzu sehr mit dem Unglück des edeln Mannes beschäftigt.

»Aber, lieber Abbé,« sagte ich, »noch eins müssen wir wissen! Kam Klementine de Sonnes nach Marseille? Wie glücklich muß unser Alamontade beim Anblick dieses geliebten Wesens nach so langer Trennung geworden sein!«

»Als ich ihm, erzählte Dillon, die Nachricht mitteilte, daß Klementine, sobald sie erfahren habe, er sei noch am Leben und in Marseille, den Entschluß gefaßt hätte, ihn zu sehen, war er tief erschüttert. Er schwieg lange. »So hat sie mich denn nicht vergessen!« rief er endlich innig bewegt. »Nun wünsche ich meinem Leben nur so lange Frist, bis ich sie noch einmal gesehen habe.«

Das Wiedersehen seiner Klementine schien dem liebenswürdigen Dulder die schönste Ausgleichung aller seiner überstandenen Leiden zu werden. Er hoffte mit Sehnsucht ihrer Ankunft entgegen. Er, dem bei so vieler Tugend so wenig Freude zuteil geworden war, sollte aber auch diese Seligkeit nicht genießen.

Er starb. Ich ward eines Morgens in der Frühe zu ihm gerufen. Als ich zu ihm trat, war er schon verblichen. Auf seinem blassen Antlitze ruhte ein sanftes Lächeln. Er schien mit dem Gedanken an Klementinen entschlummert und in ein besseres Leben übergegangen zu sein. Ich warf mich weinend zu den Füßen seines Bettes auf die Kniee nieder und war trostlos, wie um einen verstorbenen Vater.

Einen Tag später, nachdem er begraben war, kam Klementine. Sie war sehr krank, und in ihrem Wagen vom Arzte begleitet. Sie mußte sogleich wieder das Bett hüten. Ich ward zu ihr gerufen. Sie war schwach und abgezehrt, trug aber unverkennbar noch die Spuren ehemaliger Schönheit.

Als sie den Tod des geliebten Sklaven erfahren hatte, hob sie ihre matten Augen stumm, mit einem sehnsuchtsvollen Blick gen Himmel. Ich zeigte ihr Alamontades Bild. Sie küßte es und ließ es für sich abzeichnen. Auch mußte ich ihr aus Alamontades Nachlaß sein Messer und den blechernen Löffel geben, aus welchem sie von nun an allein die Arznei und die wenige Speise nahm, die sie genoß.

Sie sprach selten, doch schien sie heiter zu sein. Ich mußte ihr von ihm erzählen. Ihre Augen hingen unverwandt an Alamontades Bild, bis sie im Tode brachen. Auf ihren ausdrücklichen Befehl ward die Dulderin an der Seite ihres Freundes begraben, dem sie treu bis zum Tode war, und welchen sie, durch falsche Nachrichten getäuscht, schon längst tot geglaubt hatte.

Jetzt sind schon über fünfzig Jahre verflossen, seitdem dies alles geschah, aber Alamontades Andenken blieb mir gleich heilig und frisch.

Lasset uns, Ihr Lieben, leben, wie er! Lasset uns die Selbstständigkeit unseres Geistes, seine Befreiung von der Gewalt des Vergänglichen, als seine Bestimmung erkennen und in der Stunde der Versuchung die wankende Hoheit desselben durch den Blick auf die Ewigkeit und den Gedanken retten. Sei rein, wie Gott!

Über tredition

Eigenes Buch veröffentlichen

tredition wurde 2006 in Hamburg gegründet und hat seither mehrere tausend Buchtitel veröffentlicht. Autoren veröffentlichen in wenigen leichten Schritten gedruckte Bücher, e-Books und audio-Books. tredition hat das Ziel, die beste und fairste Veröffentlichungsmöglichkeit für Autoren zu bieten.

tredition wurde mit der Erkenntnis gegründet, dass nur etwa jedes 200. bei Verlagen eingereichte Manuskript veröffentlicht wird. Dabei hat jedes Buch seinen Markt, also seine Leser. tredition sorgt dafür, dass für jedes Buch die Leserschaft auch erreicht wird.

Im einzigartigen Literatur-Netzwerk von tredition bieten zahlreiche Literatur-Partner (das sind Lektoren, Übersetzer, Hörbuchsprecher und Illustratoren) ihre Dienstleistung an, um Manuskripte zu verbessern oder die Vielfalt zu erhöhen. Autoren vereinbaren direkt mit den Literatur-Partnern die Konditionen ihrer Zusammenarbeit und partizipieren gemeinsam am Erfolg des Buches.

Das gesamte Verlagsprogramm von tredition ist bei allen stationären Buchhandlungen und Online-Buchhändlern wie z. B. Amazon erhältlich. e-Books stehen bei den führenden Online-Portalen (z. B. iBookstore von Apple oder Kindle von Amazon) zum Verkauf.

Einfach leicht ein Buch veröffentlichen: **www.tredition.de**

Eigene Buchreihe oder eigenen Verlag gründen

Seit 2009 bietet tredition sein Verlagskonzept auch als sogenanntes "White-Label" an. Das bedeutet, dass andere Unternehmen, Institutionen und Personen risikofrei und unkompliziert selbst zum Herausgeber von Büchern und Buchreihen unter eigener Marke werden können. tredition übernimmt dabei das komplette Herstellungs- und Distributionsrisiko.

Zahlreiche Zeitschriften-, Zeitungs- und Buchverlage, Universitäten, Forschungseinrichtungen u.v.m. nutzen diese Dienstleistung von tredition, um unter eigener Marke ohne Risiko Bücher zu verlegen.

Alle Informationen im Internet: **www.tredition.de/fuer-verlage**

tredition wurde mit mehreren Innovationspreisen ausgezeichnet, u. a. mit dem Webfuture Award und dem Innovationspreis der Buch Digitale.

tredition ist Mitglied im Börsenverein des Deutschen Buchhandels.

Dieses Werk elektronisch lesen

Dieses Werk ist Teil der Gutenberg-DE Edition DVD. Diese enthält das komplette Archiv des Projekt Gutenberg-DE. Die DVD ist im Internet erhältlich auf **http://gutenbergshop.abc.de**

FSC
www.fsc.org

MIX

Papier | Fördert
gute Waldnutzung

FSC® C083411

Zeitfracht Medien GmbH
Ferdinand-Jühlke-Straße 7
99095 Erfurt, Deutschland
produktsicherheit@kolibri360.de